KB164612

나의 F코드 이야기

나의 F코드 이야기

우울에 불안, 약간의 강박과 함께
살아가고 있습니다

이하늬 지음

심심

추천의 말

나는 이 책이 너무나 반갑다. 정신과, 정신과 질환, 약물 치료에 대한 편견을 없애기 위한 활동을 계속해오면서 도저히 극복할 수 없던 벽이 있었다. 그것은 나와 동료들이 정신과 의사라는 점이다. 분명 진료실에서 수없이 보고 듣는 실제 경험들을 전달했음에도 '그건 네가 의사니까 하는 말이지. 환자 입장에서는 그렇지 않다'는 반응을 자주 만났다. 그래서 기대하고 기다렸다. 당사자의 솔직하고 은밀한 이야기를. 우울증과 조울증, 그리고 그에 대한 사회적 편견을 직접 경험하고 맞선 당사자의 이 글에는 큰 힘이 실려 있다. 그 힘든 길을 먼저 걸었던 사람으로서 고행길의 초입에서 혼란스러울 이들에게 건네는 따뜻하고 실질적인 조언들도 함께 한다. 이 책이, 또 앞으로 이어질 작가의 '계속 말하기'가 아직까지 사회에 만연한 F코드에 대한 편견을 부숴버리길 기대한다.

김지용, 정신건강의학과 전문의 · 팟캐스트 〈뇌부자들〉 진행 · 《어쩌다 정신과 의사》 저자

이 책의 가장 멋진 부분은 저자가 자기를 불쌍하게 여기지 않는다는 점이다. 자신의 병을 알아채고 이를 돌보기 위해 행동하는 사람은 어떻게 봐도 불쌍한 사람이 아니라 야무진 사람이다. 이 야무진 작가가 취재하듯 담담히 적어 내려가는 치료 이야기는 조용하지만 열렬한 한 편의 응원가처럼 읽힌다. 특히 정신과 환우들을 인터뷰한 내용은 매우 사랑스럽다. 무기력하게 누워만 있었던 그가 마침내 자기 주변의 환자들을 알아차리고 들여다보고 궁금해하며 질문을 던지기까지 어떤 밤과 낮을 건넜을지 생각하면 마음이 아리다. 손을 내민 작가와 그 손을 잡은 친구들에게 고맙다는 말을 전하고 싶다. 우리는 그다

지 이상하지 않고, 혼자가 아니다. 치료는 계속되지만 그건 그냥 인생이 계속되기 때문이다.

서귤, 《판타스틱 우울백서》 저자

머리말

나에 대해 조금 더 알아가고 있습니다

정신과 질병은 F코드로 분류되어 있다. 나는 F코드가 여러 개다. 정신과는 겉으로 나타나는 증상을 기준으로 진단을 내린다. 그래서 의사와 진찰 시기에 따라 진단명이 조금씩 다를 수 있다. 4년 전, 처음 받았던 진단명은 F41.2 혼합형 불안 및 우울장애다. 다음 병원에서는 F32 우울병 에피소드와 F42 강박장애 진단을 받았다. 최근에 받은 진단은 F313 양극성 정동장애, 주요 우울 삽화다.

F코드들을 얻고 나서 나는 바뀌었다. 이전의 삶과 지금의 삶은 다르다. 고작 우울증으로 뭐 그렇게까지 삶이 달라졌나

싶을 수 있지만 나는 그렇다. 여성학자 수전 웬델은《거부당한 몸》에서 "고통이 우리의 삶에 대해 가장 중요한 가르침을 줄 수 있고, 고통에 감사하게끔 우리를 변화시킬 수 있다는 것을 알 것입니다"라고 썼다. 내게는 우울증이 그 고통이다.

슬픔의 크기로 따지면 나를 가장 사랑해주던 외할아버지의 죽음이 우선이지만 그때는 무작정 슬프기만 했다. 그 외에 별일은 없었다. 소위 '정상'이라 여겨지는 형태의 가족에서 태어나고 자랐다. 대안학교를 다닌 덕에 공교육을 받은 친구들보다 스트레스를 덜 받으며 청소년기를 지냈다. 턱걸이로 대학에 입학했고 낮은 학점으로 가까스로 졸업했다.

취업 준비 기간에는 낮에는 공부를, 밤에는 아르바이트를 했다. 엄마는 그런 내가 안쓰럽다며 가끔 울었는데 나는 그러려니 했다. 내가 상황을 바꿀 수 없었기에 고민하고 슬퍼할 것도 없었다. 그리고 운 좋게 언론사에 입사했다. 나는 정말 흘러가는 대로 살았다. 그래도 별문제 없었고 그래서 '인생 별거 아니네'라는 건방진 생각도 했다. 지금은 별문제 없는 생활을 영위하는 데에 얼마나 많은 자원이 필요한지 안다.

그런데 덜컥 우울증에 걸려버렸다. 원인이라고 할 만한 사건도 없이. 의사들은 "특별한 이유 없이도 우울증이 올 수 있다"고 말할 뿐이었다. 한 번도 무언가를 진지하게 고민해 본 적이 없었는데 감당할 수 없는 질문이 마구 올라왔다. 나는 왜 사는 걸까? 하루의 절반 이상이 노동시간인데, 나는 일하기 위해 사는 걸까? 근데 이건 너무 불행한데 계속 살아야 할까?

답이 없는 질문이었기에 나는 한없이 가라앉았다. 모든 것에 흥미를 잃었다. 매 순간이 무의미했고 고통스러웠다. 질문이 떠오르기 전으로 돌아가고 싶었다. 지금도 마찬가지다. 우울증으로 얻은 것도 여럿이지만 역시 우울증에 걸리기 전이 나았다. 그렇다고 죽지도 못할 것이기에 방법을 찾아야 했다. 어차피 살 거라면 덜 힘들게 살아야지.

태어나서 처음으로 고민하는 시간을 가졌다. '잘' 사는 것은 먼 이야기고 생존을 위해서 나를 알아야 했다. 뭘 좋아하고 싫어하는지부터 찾아보았다. 싫어하는 것을 최소화해 스트레스를 덜 받기 위해서였다. 그렇다고 싫은 걸 무작정 하지 않는 것도 도움이 되지 않았다. 내가 좋아하는 것이 나를 '위해서도' 좋은지 따져보았다. 잠을 좋아한다고 해서 종일 자는 건 나를 위한 일이 아니다.

그래서 우울증에 걸린 이후 내 관심은 온통 '나'다. 나는 지금 어떤 기분일까? 왜 이런 기분이 들까? 그렇다면 이건 나에게 도움이 될까? 이 과정에서 나에 대해 많이 알게 됐다. 평생 내게 이렇게 주의를 기울인 적이 있었던가. 고작해야 내가 관심을 기울인 것은 살이 얼마나 찌고 빠졌는지, 어떤 장르의 드라마를 좋아하는지, 어떤 글을 쓰고 싶은지 정도였다.

나에게 기울이는 관심은 우울증을 겪으면서 생긴 장점이자 단점이다. 무언가를 할 때마다 따져보는 일은 피곤하다. 내 몸에 평소와 조금이라도 다른 증상이 나타나면 걱정이 앞선다. 예를 들어 나는 이명이 자주 들리면 환청으로 발전할까 봐 걱정한다. 한 조현병 당사자에게 "처음엔 이명이었는데 점점 목소리로 변해갔다"는 말을 들은 이후부터다.

가끔 집 근처 천변을 걷는다. 생각보다 많은 사람이 '뛰고' 있었다. 문득 나도 한 번 뛰어보고 싶다는 생각이 들었다.

가볍게 10분 정도를 뛰었다. 걸을 때와 달리 바람이 더 잘 느껴졌다. 아무 목적 없이 뛰다니, 내 인생에서 없던 일이다. 고등학교 체력장 때도 안 뛰었는데……. 바람이 얼굴에 닿던 상쾌함이 떠올라 며칠 뒤에는 20분을 뛰었다. 며칠 뒤 또 20분을 뛰었다. 우울한 뇌를 위한 긍정적인 일이었다.

그런데 갑자기 걱정이 시작됐다. 왜 평생 안 하던 짓을 하고 있지? 혹시 경조증 증상은 아닐까? 이러다가 에너지가 다 소진돼서 심각한 우울에 빠지면 어쩌지? 며칠 뒤 주치의에게 이야기를 꺼냈다.

"선생님, 제가 요즘 저녁에 달리기를 하는데 혹시 조증의 전조 증상일까요?"

"얼마나 운동을 하시나요?"

"이틀에 20분 정도요."

"뛰는 걸 왜 조증이라고 생각했을까요?"

선생님은 웃으며 물었다. 나는 민망해서 웃기만 했다. 고작 20분 뛰면서 조증을 생각하고 에너지가 소진될까 봐 걱정하다니. 이 정도의 운동은 언제 해도 전혀 이상하지 않다. 퇴근 후에 잠도 안 자고 10시간씩 걷는다면 좀 이상하겠지만. 이게 바로 우울증 환자가 얼마나 근거 없는 걱정과 불안을 많이 하는지 보여주는 예다.

그렇다고 힘들고 나쁜 점만 있는 건 아니다. 좋은 점도 있다. 나에 대해 알게 되니 무언가를 결정하는 일이 쉬워졌다. 온전히는 아니지만 내가 정한 좋고 싫음이 행동을 결정하는 데 큰 영향을 준다. 좀 주체적인 사람이 된 기분이다.

친구 혜미는 우울증에 걸린 후 “아픈 사람들에게 조금 공감할 수 있게 되었다”고 했다. 조울증을 앓는 지훈은 “지하철에서 혼자 큰 소리로 말하는 사람을 보면, ‘지금 저 사람이 많이 아프구나’라는 생각이 든다”고 했다. 나도 그렇다. 공감의 폭이 넓어졌다. 사람마다 취약한 부분이 다름을, 느끼는 고통의 강도가 다름을 예전에는 머리로만 알았다.

주렁주렁 달린 F코드들 때문에 ‘나는 이제 망했다’고 생각했던 적이 있다. 이런 병명을 가지고 있는 사람을 누가 좋아할까? 심지어 보험 가입도 안 되는 인생이 돼 버렸네(보험마다 차이가 있지만 마지막 정신과 진료 후 3~5년이 지나면 일반 보험 가

입이 가능하다). 이직이 안 되면 어쩌지? 결혼을 하고 싶진 않지만 결혼도 못 할 거야.

그래서 한동안 우울증 이전의 나를 붙잡으려 애썼다. 어떤 삶의 태도를 가지고 있었는지, 단기·장기 목표는 뭐였는지, 어떤 미래를 그렸는지 등등. 그게 돌아가야 할 모습이라고 생각했다.

이성복 시인은《뒹구는 돌은 언제 잠 깨는가》에서 다음과 같이 말했다.

"대체로 우리는 아픔에 대해 부정적인 생각을 가지고 있다. 그러나 우리 몸 어딘가가 썩어 들어가는데도 아프지 않다면 이보다 더 난처한 일이 있을까? (중략) 자신이 병들어 있음을 아는 것은, 치유가 아니라 할지라도 치유의 첫 단계일 수는 있다."

지금은 우울증 이전의 내가 기억나지 않는다. 무엇보다 기억할 필요를 못 느낀다. 치유의 첫 단계에 들어선 나는 이전과 같지 않다. 많은 것이 바뀌었고 앞으로도 그럴 것이다. 인생이 망했다는 생각도 안 한다. 그냥 하나의 문이 닫히고 다른 문이 열린 것일 뿐.

글을 쓰고 퇴고를 거듭하는 내내 나 같은 사람이 책을 써도 될까 고민이 많았다. 우울증이긴 하지만 엄청나게 아프지도 않고 그렇다고 우울증이 나은 것도 아니다. 글 쓰는 게 직업이지만 기사와 에세이는 다르다. 유명하지 않은 건 말할 것도 없다. 그럼에도 원고를 쓸 수 있었던 것은 만날 때마다 '진짜 맞다'고 손뼉쳐주고 '이런 이야기도 써달라'고 주문했던 나의 환우들 덕분이다. 누가 그랬다. 환우는 전우보다 강하다고. 이 책이 누군가에게 그런 역할을 할 수 있기를 바란다.

이 책은 나 혼자 쓴 게 아니다. 나보다 더 많이 내 원고를 읽고 방향을 잡아준 심심 분들, 자신의 이야기를 들려준 혜미, 원영, 지훈, 은일에게 고맙다. 더불어 필요한 정보를 담을 수 있도록 도움을 주신 도우 정신건강의학과 김선희 정신과전문의, 윤철호 베이직병원 정신건강복지과장, 무려 세 곳(살림의원, 느티나무의원, 원진녹색병원)을 오가며 진료를 하는 장창현 정신과전문의에게 고마움을 전한다.

차례

2 병원도 가지만 상담도 받아요

3 우울증이라고 다 똑같은 건 아닙니다

1

우울증에 걸리면서 알게 된 것들

그때 정신과에 갔어야 했다

2016년 4월, 식욕이 확 떨어졌다. 잠도 잘 못 잤다. 크게 문제라고 생각하지 않았다. 식욕이 떨어진 것은 환영할 일이었고 밤에 휴대전화만 들여다보지 않으면 쉽게 잠들 수 있다고 생각했다. 하지만 아니었다. 하루에 빵 하나, 요구르트 하나, 커피 몇 잔만 마시고 사는 날들이 이어졌다.

동시에 어떤 날은 혼자 많은 음식을 먹기도 했다. 주로 퇴근 후 집에서다. 전날 먹고 남은 피자나 치킨 등이 보이면 옷도 갈아입지 않고 식탁에 앉은 채로 남은 음식을 천천히 그리고 계속 먹었다. 나는 땅에 사는 동물은 먹지 않는 페스코 채식을 지향하는데, 그런 것은 신경 쓰지 않은 채 계속 먹었다. 먹고 나면 움직일 수 없었다. 내장이 꽉 차서 조금만 움직여도 음식이 올라올 것 같았다.

다른 사람과 있을 때는 그렇게 음식을 먹지 못했다. 집에서도 누가 있으면 먹지 않았다. 꼭 혼자, 그리고 눈앞에 음식이 있을 때만 그랬다. 동생들은 내게 '청소기'라고 했다. 돌이켜보면 그 폭식 덕분에 쓰러지지는 않은 것 같다. 잠은 하루에 한 3시간 정도 잤나. 그것도 매시간 깼다.

보통 우울증 초기 증상으로 불면증을 많이 꼽는다. 전문가들에 따르면 우울증은 불면뿐 아니라 '조기 각성'도 동반한다. 조기 각성은 이유 없이 한두 시간 일찍 잠에서 깨는 것을 말한다. 우울증이 아니었다면 평소보다 일찍 눈을 뜨더라도 "아싸! 좀 더 자야지" 했겠지만 조기 각성 때문인지 잠들지 못했다. 그렇다고 침대에서 몸을 일으킬 생각도 못했다. 아니, 생각은 했지만 몸을 일으킬 수 없었다. 출근 시간이 다가오는 걸 무서워하며 꼼짝없이 침대에 누워 있었다.

얼마 뒤부터는 이유 없이 눈물이 났다. 보통은 퇴근 후 집에서 울었지만 눈물은 때와 장소를 가리지 않았다. 그 날은 날씨가 좋았다. 마로니에 공원이 보이는 대학로의 한 카페에 자리를 잡았다. 봄 햇살이 따뜻했고 햇빛을 받은 나뭇잎들이 반짝였다. 일을 하려고 노트북을 열었다. 뜬금없이 눈물이 나왔다.

처음에는 창밖 풍경이 아름다워서 그런 줄 알았다. 아름다운 것을 보거나 들으면 마음이 찌릿해지곤 한다. 그리고 내가 좋아하는 봄이었다. 하지만 그런 거라면 살짝 눈물이 고이고 말았어야 했는데 눈물이 멈추지 않았다. 하도 울어서 옆 테이블 사람들이 힐끔힐끔 쳐다봤다. 당황스러웠다. 대체 난 왜 우는 걸까. 울 만한 일이 없었고 울면서도 슬프거나 화나는(울음을 유발하는) 감정이 들지 않았다.

보통 주말에는 친구를 만나거나 했는데, 집 밖에 나가지 않았다. 최대한 많이 잤고 자다가 허리가 아프면 앉아서 책을 읽었다. 책을 읽으면서 많이 울었다. 울기 위해 책을 읽는 것도 같았다. 울고 나면 감정이 배출돼서 곧 나아질 거라고 생각했다. 동생들은 내게 하루 종일 집에 있으면 지루하지 않느냐고 물었는데 나는 지루하지 않았다. 순식간에 하루가 지나갔다. 이를 '정신운동 지연psychomotor retardation'이라고 부르는 걸 나중에 알았다. 생체 시계가 우울증으로 인해 느려지기 때문에 나타나는 현상이다. 24시간이 내 몸에서는 24시간보다 짧은 것이다.

이게 처음 2주에서 3주 사이 일어난 일이다. 수면과 영양이 얼마나 중요한지 절실히 느꼈다. 침대나 의자에서 일어날 때면 심하게 어지러웠다. 어떤 때는 길을 가다가도 휘청거리는 느낌에 급히 걸음을 멈추었다. 업무 시간에는 제대로 집중하지 못해 이전에는 두세 시간이면 썼을 기사를 하루 종일 붙잡고 있었다. 지금 생각하면 어떻게 우울증인지 혹은 몸에 문제가 생긴 것인지 모를 수 있나 싶은데, 우울증이라는 '보기'나 '선택지'를 생각지도 못해서였던 것 같다.

몇 주간의 경험을 지인들에게 털어놨더니 우울증 같다고 했다. 정신과에 가봐야 하는 것 아니냐는 말도 들었다. 정신과라니, 오버라고 생각했다. 그냥 식욕 좀 없고 잠 좀 못 자고 눈물이 쏟아지는 것뿐인데 우울증이라니, 게다가 정신과라니. 날 생각해서 한 말이라는 걸 알았지만, 조언을 그냥 흘려버렸다.

상태는 점점 나빠졌다. 식단은 하루에 요구르트 하나로 줄었다. 할 일을 계속 까먹었다. '해야 할 일'을 노트북과 메모지에 적어두고 수시로 봤다. 그렇게 하지 않으면 멍하게 있기 일쑤였다. 그때 정신과에 갔어야 했다.

좀 더 시간이 지나자 무기력이 모든 걸 압도했고 이는 '왜'라는 질문으로 이어졌다. 이렇게 귀찮은데 왜 먹어야 해? 귀찮은데 친구는 만나서 뭐해? 대체 일은 뭐하러 하나? 침대에서 나가기도 귀찮아 죽겠는데, 만사가 귀찮은데 나는 왜 살아야 하지? 작가 이응준의 말처럼 그 어떤 짐승도 스스로에게 왜 사는가에 대한 의문을 품지 않는다. 의미를 자꾸 추적하다 보면 어쩔 수 없이 무의미에 도달하기 때문이다. 왜라는 수많은 물음표를 쏟아내던 나는 그냥 사라지고 싶었다.

처음에는 이게 자살 욕구인가 싶었다. 하지만 우울증이 있는 친구들의 이야기를 들어보면 스스로 목숨을 끊고 싶은 마음과 사라지고 싶은 마음에는 차이가 있다. 우울증을 앓는 한 친구는 사라지는 일 따위는 일어날 수 없기 때문에 죽어야 한다고 말했다. 현실적이었다. 죽지 않는 한 이 고통을 끝낼 수 없다고 했다. 그가 힘들었던 건 다른 사람 때문이 아니었다. 스스로가 정한 기대치에 미치지 못하는 삶을 사는 자신을 견딜 수 없다고 했다. 자책과 무기력이 반복된 결과였다.

나는 스스로 생을 마감하고 싶지는 않았다. 감당할 자신이 없었다. 일이 일어난 이후면 나는 이 세상에 없겠지만 후폭풍을 생각하는 것만으로도 머리가 아팠다. 나를 키워준 외할머니와 부모, 동생들이 받을 충격과 상처 같은 것들. 사는 건 버겁고 죽는 건 무서웠다. 사라진다는 건 애초에 내가 존재하지 않는 세상이다. 우리 부모는 나를 포함해 자식 넷을 두었는데 4에서 1이 빠진 게 아니라 원래 3인 세상. 모든 곳에서 나만 쏙 빠지고 다른 것들은 평소대로 흘러가는 세상. 한때는 나 없이도 세상이 아무렇지 않게 돌아갈 거라는 생각에 슬펐는데 그때는 그런 세상을 바랐다. 나는 조금의 책임도 지기 싫었다.

보건복지부는 우울감, 예민하거나 초조해짐, 항상 피곤한 느낌, 주의를 집중하기 어려움, 불면증, 폭식을 하거나 식욕을 잃는 등의 증상이 2주 이상 이어질 경우, 정신과에 갈 것을 권하고 있다. 보건복지부가 제시한 증상 대부분이 한 달 가까이 이어지고 있을 때였다. 살이 5킬로그램 정도 빠졌고 만나는 사람마다 "피곤해 보인다"고 말했다. 내가 거울을 봐도 그랬다. 눈 밑이 퀭한 게 일주일 정도 밤을 샌 사람 꼴이었다. 그제야 정신과를 찾았다.

우울증이 아니라고 하면 어쩌지

처음 정신과에 갔던 날이 생생하다. 앞으로도 그럴 것이다. 뭐든지 처음은 강렬하니까. 정신과는 병원이 모여 있는 건물 4층에 있었다. 1층에서 무더기의 사람들과 함께 엘리베이터를 탔다. 층수를 누르는 버튼 옆에 병원 이름이 붙어 있었다. 4층에는 내가 갈 예정인 정신과와 다른 진료과 병원이 있었다. 4층은 아무도 누르지 않았다. 누르기 망설이고 있는데 몇 초 뒤에 누군가 4층을 눌렀다. 4층에서 그 사람과 나는 함께 내렸다. 그는 다른 병원 쪽으로 향했다.

병원 찾기는 쉽지 않았다. 마음은 급한데 어떻게 병원에 가는지, 어떤 병원을 가야 할지 몰랐다. 내과나 치과에 가는 것과는 다른 막막함이었다. 겪은 적이 없었고 신뢰할 만한 정보도 없었다. 당시만 해도 내 주변에는 자신이 우울증, 불안장애, 조울증, 기분장애 등을 앓고 있다고 밝힌 사람이 거의 없었다. 포털 사이트에서 정신과로 검색하니 '○○○ 정신건강의학과'부터 치유, 마음, 정원, 밝음 등의 단어가 들어간 병원까지 의외로 정신과가 많았다. 그리고 많은 이가 나와 비슷한 어려움을 겪고 있었다. 네이버 지식인과 내가 자주 가는 온라인 커뮤니티에는 "정신과 추천 좀 해주세요"라는 글이 많았다.

내게 정신과에 가볼 것을 권유한 친구에게 도움을 구했다. 그는 성인 ADHD 진단을 받고 정신과를 다닌 경험이 있다. 네이버 지식인이 아닌 친구에게 도움을 구할 수 있다는 사실이 얼마나 다행인지. 그는 자기가 다녀보지는 않았지만 사람들 사이에 평가가 좋은 곳이라며 한 병원을 추천했다. 과잉진료를 하지 않는다는 말에 믿음이 갔다. 병원에 전화를 했다. 초진은 예약을 해야 하고 당장 예약 가능한 시간은 평일 오전이라는 말에 회사에 반차를 내고 며칠 뒤 병원을 찾았다.

조용한 복도를 따라 들어간 병원 풍경은 놀라웠다. 사람이 무척 많았다. 아폴로눈병이 유행했을 때 안과를 방문한 이후, 그렇게 붐비는 개인 병원 대기실은 처음이었다. 이렇게 많은 사람이 조용히 정신과에 다니고 있었다니! 엘리베이터를 탈 때까지 무겁게 안고 있던 정신과에 대한 부담감이 조금 줄었다. 하지만 기다리는 이들의 모습을 보니 불안한 감정이 고개를 들었다. 한 중년 여성은 혼자 걷지 못하는 상태였다. 그는 계속 울었고 배우자로 보이는 남성이 여성을 부축했다. 쳐다보지 말아야지 생각하면서도 나는 계속 그들을 힐끔거렸다.

우울증을 부정하던 나는 우습게도 병원에서는 우울증 진단을 받지 못할까 봐 안절부절했다. 그날의 차림을 기억한다. 환자처럼 기운 없이 보이는 것이 싫어서 블라우스와 슬랙스를 입고 힐을 신었다. 화장도 했다. 평소에는 잘 하지 않는 차림이었다. 대기실을 둘러보니 나 같은 사람은 없었다. 분명 집을 나설 때는 환자처럼 보이고 싶지 않았는데 대기실에서는 환자같이 보이고 싶었다. 잔뜩 신경 쓴 내 차림새는 그곳에 어울리지 않았다.

우느라 걷지 못할 정도는 아닌데 병원에 와도 되는 걸까? 정말 우울증이면 이렇게 옷을 차려입을 마음도 없어야 하는 게 아닐까? 대기실에 있는 사람들이 나를 보고 뭐라고 생각할까? 의사가 내 차림새를 보고 선입견을 갖지는 않겠지? 증상을 말했는데도 오버한다고 생각하면 어쩌지? 아, 그러면 정말 창피한데. 남들도 다 이 정도는 힘든데 괜히 병원에 왔나? 지금이라도 나갈까? 어디 가냐고 물어보는 건 아니겠지?

머릿속에 오만가지 생각이 둥둥 떠다니던 중 내 차례가 왔다. 상담실로 들어가 앉자 의사가 "어떤 일로 오셨어요?"라고 물었다. "네, 제가 잠을 잘 못 자고 밥도 잘 못 먹고"까지 말했는데 왈칵 눈물이 났다. 주르륵이 아니라 끄억끄억에 가까웠다. 숨이 잘 쉬어지지 않았다.

"며칠 전에는요, 일을 하는데 갑자기 눈물이……. 죄송합니다. 저도 제가 왜 이러는지 모르겠어요."

진료실 책상에는 갑 티슈가 준비돼 있었다. 끝없이 뽑히는 갑 티슈가 고마웠다. 그 와중에 눈물이 나와서 다행이라는 생각을 했다. 무언가를 증명한 느낌이었다.

의사는 최근에 무슨 일이 있었냐고 물었다. 바로 떠오르는 일은 없었다. 사소한 거라도 말해보라고 했다. 3월 즈음 단짝 친구와 헤어졌고 4월에 친할머니가 쓰러지셨다고 말했다. 둘 다 슬펐지만 우울증의 직접적인 원인이 될 만큼 슬프지는 않았다고 부연했다. 의사는 큰 사건 없이도 우울증이 올 수 있다고 했다. 상담하면서 원인을 찾아보자는 이야기도 했다. 큰 사건 없이도 우울증이 올 수 있다는 사실을 그때 처음 알았다.

상담을 끝내고 검사실로 갔다. 우선 자율신경 기능 검사를 했는데 교감신경과 부교감신경의 균형 정도를 살펴보는 것이라고 했다. 간호사가 내 가슴과 팔, 다리에 뭔가를 달았고 움직이지 말라고 했다. 나는 이때도 우울증 진단이 나오지 않을까 봐 걱정했다. 난 이렇게 힘든데 정작 내 몸은 멀쩡하다는 신호를 보내고 있으면 어쩌지? 의사가 내 눈물이 거짓말이라고 생각하면 어쩌지? 간호사는 몸을 움직이지 말라고 했는데 움직이면 우울증에 더 가깝게 나오는 것이 아닐까 생각했다. 움직여 볼까…….(움직이지 않았다.)

여러 검사 결과, 내 몸은 아프다는 신호를 보내고 있었다.

의사는 검사 결과지를 보여주며 우울증에 걸리지 않은 사람의 그래프와 현재 내 그래프가 다르다고 말했다. 교감신경은 흥분 상태에서 활성화되고 부교감신경은 휴식 상태에서 활성화된다. 이 둘은 서로 보완 작용을 하는데 내 경우 그 시스템이 제대로 작동하지 않는다는 설명이었다. 이 외의 설명은 잘 기억나지 않는다. 어렵기도 했거니와 나는 그때도 울고 있었다. 급성 우울증에서 만성 우울증으로 넘어가는 단계라는 설명도 들었다. 이제 막 병원에 왔는데 만성으로 넘어가는 단계라니……. 우울증만큼이나 받아들이기 낯설었다.

의사는 3일분 약을 처방해주며 3일 뒤에 다시 병원에 오라고 했다. 바빠서 병원에 올 시간이 없다고 하니 의사가 어이없다는 표정으로 나를 쳐다봤다. 3일분만 처방하는 이유는 약의 종류와 복용량을 맞춰가기 위해서고 처음에는 3일이지만 점차 처방 기간을 늘려간다고 했다. 혹시나 있을지 모르는 부작용으로는 심하게 졸리거나, 심하게 가슴이 두근거릴 수 있다고 했다. 두 부작용 사이에 일관성이 없는 것이 신기했다. 졸린 건 신경안정제 때문이고 두근거리는 건 항우울제 때문이라고 의사는 설명했다.

간신히 울음을 참느라 읍읍거리며 물었다.

"제가 그렇게 아파요? 이렇게 된 건 한 달밖에 안 됐는데 만성이 될 수도 있다고요?"

의사는 이전부터 증상이 있었을 것이라고 말했다. 다만 그게 몸으로 나타나지 않아서 내가 몰랐을 것이고, 몸으로 나타날 정도면 많이 좋지 않은 상태라고. 한 달 사이에 살이 5킬로그램이나 빠졌는데 왜 지금에서야 병원에 왔냐는 말도 했다. 듣고 보니 다 맞는 말이어서 울면서도 고개를 끄덕였다.

정말 우울증이라니. 망했다는 생각과 다행이라는 생각이 동시에 들었다. 병명이 있으니 치료법도 있겠지, 나을 수 있겠지 생각했다. 의사에게 보통 얼마 정도면 '완치'가 되냐고 물었다. 짧게는 3개월에서 6개월, 길게는 1년이 걸린다는 답을 들었다. 최소 3개월 동안 매일 약을 먹어야 한다고? 나는 그렇게 장기간 약을 먹어본 적이 없었다. 친구들과 장난으로 "우울증이냐?" 같은 말을 하곤 했었는데 우울증은 만만한 게 아니었다. 완치 전까지 계속 이런 상태일까 봐 걱정됐다. 일은 제대로 할 수 있을까. 아니 잠이라도 제대로 잘 수 있을까.

20분 정도 진료가 끝나고 다시 대기실에 앉았다. 눈은 퉁퉁 부어 있었고 콧물이 계속 나왔다. 신기하게도 수납을 하면서 처방전이 아닌 약이 담긴 봉투를 받았다. '원내처방'이라고 했다. 약 봉투에 '○ 정신건강의학과'라고 쓰여 있었다. 의사 두 명의 성이 ○이었다. 약 봉투를 가방에 구겨 넣으며 병원 문을 나섰다. 머릿속으로 숫자를 계산했다. 지금이 2016년 5월이니까 여름 즈음에는 괜찮아지겠지? 이 글을 쓰는 지금은 2019년 9월이다.

내가 만난 첫 번째 의사

우울증 치료를 하는 3년 4개월 동안 나는 병원을 세 번 바꿨다. 지금 병원은 네 번째다. 의사가 먼저 병원을 옮기는 게 좋겠다며 권유한 적이 있고, 의사에게 알리지 않은 채 다른 병원으로 옮긴 적도 있다. 셋 모두 나쁘지는 않았지만 나와 썩 잘 맞지 않았다. 지금 의사는 나와 잘 맞다. 이 글은 내가 만난 첫 의사 이야기다.

처음 간 정신과에는 의사가 둘이었다. 모두 남성이었고 연령대만 달랐다. 나는 비교적 나이가 어린 의사를 선택했다. 쾌활한 인상의 의사였다. 그는 내 말을 잘 들어주었고 "그랬어요?", "그랬구나", "정말 힘들었겠어요" 등의 말로 맞장구를 쳐줬다. 공감받는 느낌이었다. 초반에는 짧으면 3일, 길면 7일 간격으로 병원에 갔다. 내게 맞는 약을 찾기 위해서다. 상담 시간은 처음에는 20분 정도였고 이후에는 5분에서 10분 내외였다. 그렇게 두 달이 지났다. 두 달이라고 해도 의사와 만난 횟수를 따지면 8번이 넘는다. 처음에는 의사에게 공감받는다고 느꼈는데 점점 그가 날 아이 다루듯 대하고 있다는 생각이 들었다.

아이보다는 '미성숙한 존재'라고 표현하는 것이 맞다. 그는 내 말을 잘 들어주고 '우쭈쭈' 해주었지만 내가 '성인 환자'로서 무언가를 요구하는 것을 달가워하지 않았다. 의사 입장에서 이런 평가가 억울할 수 있겠지만 그의 표정과 화법은 내가 느끼기에 그랬다. 내가 어떤 약을 복용하고 있는지, 약의 부작용이 무엇인지 물어보면 의사의 표정이 변했다.

"그런 걸 물어보는 환자는 이하늬 씨 밖에 없어요. 그게 불안이 심하다는 증거예요. 나를 믿고 따라오면 돼요."

간단한 말이지만 이 세 가지 문장은 모두 내게 도움이 되지 않았다. 그런 걸 물어보는 사람은 나밖에 없구나. 역시 내가 지나치게 불안하고 예민한 건가? 이러니까 우울증에 불안장애 진단까지 받았지. 설마 이런 거 물어봤다고 진료를 제대로 안 해주는 건 아니겠지? 이런 생각이 계속 이어졌다. 주치의를 믿지 못했다는 자책과 괜히 말을 꺼냈다는 후회는 덤이다. 나는 지금도 우울증 초기에 복용했던 약이 무엇인지 모른다.

동시에 한편에서는 해소되지 않은 의문이 불안과 커갔다. 배우 아무개가 수면제 부작용으로 사망했다는 이야기가 있었는데, 설마 내가 먹는 약이 그거라서 안 알려주는 건가? 나도 내가 모르는 사이에 밤에 일어나서 돌아다니는 건 아닐까? 그러다가 갑자기 죽으면 어쩌지? 혹시나 해서 함께 살고 있는 동생들에게 내가 밤에 자다가 일어나서 돌아다니는 걸 본 적이 있냐고 물었다. 터무니없게 들릴 수 있지만 그러니까 병이다.

의사는 검사 결과에 대해서도 비슷한 반응을 보였다. 그 병원에서 나는 MMPI[Minnesota Multiphasic Personality Inventory](미네소타 다면적 인성 검사, 이하 MMPI)와 문장을 완성하는 검사를 했다.

두 번째 상담에서 의사는 결과지를 보며 간단하게 설명을 해 주었다. 하지만 "저 항목은 뭔가요?"라는 질문에 "이하늬 씨와는 관계없는 문항이에요"라는 식의 답이 돌아왔다. 용기를 내서 겨우 한 질문이었기에 "그래도 알려주세요"라는 말까지 할 용기는 없었다. 궁금함이 풀리지 않은 채로 병원 문을 나섰다.

지금 다니는 병원에서 다시 검사를 받았을 때는 의사에게 양해를 구하고 모든 설명을 받아썼다. 첫 번째 의사가 나와 관계없다고 했던 항목은 '사회적 내향성'이었다. 대인 관계 성향에 관한 항목이라고 생각하면 쉽다. 첫 번째 의사 말대로 나와 큰 관계가 없기는 했다. 하지만 또 아예 관계가 없는 것은 아니었다. 보통 우울증 환자는 인간관계에 어려움을 겪곤 한다. 나는 주변 사람들과 잘 지내는 편이라 그 부분이 늘 의아했다. 그에 대한 답을 들은 느낌이었다. 우울감과 대인 관계 성향이 꼭 같이 가는 건 아니었구나.

몇 달이 지났다. 그사이 나는 회사를 쉬었고 여행을 다녀왔으며 만나는 사람이 생겼다. 하지만 여전히 우울증이 나아질 기미는 보이지 않았다. 회사를 쉴 때 조금 나아지긴 했지만 복귀한 뒤부터는 조금씩 원점으로 향했다. 잠들지 못하는 날이 잦았고 그래서인지 늘 두통에 시달렸다. 한 번은 삐 소리가 들리는 동시에 머리가 찢어지는 것 같았다. 나도 모르게 머리를 흔들면서 소리를 질렀다. 내가 겪기 전까지 그런 장면은 영화에만 나오는 줄 알았다.

다음 날, 일어나자마자 병원에 갔다. 5개월이 지났는데 왜 낫지 않느냐고, 나을 수는 있는 거냐고 의사에게 물었다. 그 와중에도 두통은 이어졌다. 답답해서 눈물이 났다. 아주 짧은 순간이었지만 나는 의사의 얼굴에서 스쳐지나가는 짜증을 읽고 말았다. 의사는 내게 대학병원에 가보라고 했다. 입원도 하나의 방법이라고 했다. 자신은 입원을 더 추천한다고 했다. 이후 의사가 몇 마디를 더 했는데 제대로 들리지 않았다. 머리는 아프고 몸은 허공에 붕 떠 있었다.

나는 울면서 의사에게 병원을 옮기고 싶지 않다고 말했다. 대학병원에 가거나 입원을 하면 내 인생은 끝난다고 생각했다. 지금은 그렇게 생각하지 않는다. 의사가 소견서를 그렇게 쓴다고 해서 반드시 대학병원을 가야 하는 것도 아닌데, 그

때는 그래야 하는 줄 알았고 절망감에 눈물이 쏟아졌다.

의사는 "내가 할 수 있는 일은 다 했다"고 잘라 말했다. 연인에게 헤어짐을 통보받은 것 같았다. 그가 나를 미성숙한 존재로 대했다 해도 최근 5개월 동안의 내 상태를 가장 잘 아는 사람 역시 그였기 때문이다.

병원은 지하철역 바로 앞 건물에 있었다. 나는 지하철을 타고 집으로 가야 했다. 그런데 그게 안 됐다. "자, 지하철역으로 가자. 지하철을 타고 집으로 가자"고 반복해서 스스로에게 말했다. 지하철역 출구가 눈앞에 있는데도 나는 그 근방을 헤맸다. 아무리 걸어도 땅을 딛는 느낌이 나지 않아 더욱더 발에 힘을 주고 걸었다. 몸에 힘이 없는 느낌은 자주 받았지만 그렇게 오랫동안 허공에 떠 있는 느낌은 처음이었다.

물론 그는 전반적으로 다정하고 쾌활했다. 상담 시간은 갈수록 짧아졌지만 내 말을 잘 들어주었고 나을 수 있으니 기운내라고, 같이 나아보자는 말도 자주 했다. 진료실 문을 열고 인사를 할 때마다 환하게 웃던 그의 표정은 몇 년이 지난 지금도 생생하다. 그와 잘 맞는 사람도 있을 것이다. 실제 그 병원은 환자가 많았다. 평일에도 한 시간을 기다려야 진료를 받을 수 있었으니까. 주말에는 두 시간 가까이 기다린 적도 있다.

하지만 내게는 좋은 의사가 아니었다. 이후 다른 의사들을 만나면서 그가 얼마나 나와 맞지 않았는지 알았다. 역시 비교 대상이 있으면 명확해진다. 특히 마지막 말은 최악이었다. "내가 할 수 있는 일은 다 했다"라는 말은 "나는 이제 너를 포기한다"라는 말로 들렸다. 사실 그 말이 그 말이다. 조금 순화했을 뿐. 나는 그가 권한 대학병원에 가지 않았다. 입원도 하지 않았다. 우선 다른 의사를 만나야겠다 생각해 다시 지인들에게 물어 다른 1차 병원으로 갔다.

병원을 옮기는 일은 쉽지 않다. 오래 다녔다면 더 그렇다. 오랜 연애를 끝낸 사람들은 그런 말을 한다. 다시 누군가에게 나를 설명하고 누군가를 처음부터 하나하나 알아가는 과정을 반복해야 하는 일이 버겁다고. 정신과 의사와의 관계도 비슷하다. 이미 이 의사에게 너무 많은 것을 말했는데, 새로운 의사를 만나서 다시 시작하는 것이 버겁게 느껴진다. 언제부터 아팠는지, 주요 증상은 무엇인지, 내가 무슨 일을 하는지, 가족관계는 어떻게 되는지…….

그럼에도 우리는 오랜 관계를 끝내고 새로운 관계로 간다. 무언가 어긋났다는 생각이 드는 관계를 이어가는 것은 득이 되지 않음을 알기 때문이다. 그리고 그 관계를 붙잡고 있는 것이 새로운 관계를 시작하는 것보다 적은 에너지가 드는 일도 아님을 결국은 알게 되기 때문이다. 나는 우리가 조금 더 잘 맞는 의사를 계속 찾아 나섰으면 한다. 조금이라도 빨리 낫기를 바라는 마음, 편하게 살기를 바라는 마음에서다.

Tip 1

정신과를 갈 때 고려할 3가지

1. 생각보다 중요한 접근성

처음 병원에 가려고 마음먹었을 때 거리 따위는 중요하지 않았다. 정신과에 간다는 부담이 컸기 때문에 뭐라도 의지할 것이 필요했다. 이럴 때 가장 믿을 만한 건 아무래도 '지인 추천'이다. "나는 안 다녀봤지만 괜찮대"라는 말을 지푸라기 삼아 병원에 갔다.

병원은 우리 집과 정반대 방향에 있었다. 회사와도 멀었다. 병원과 회사, 그리고 집을 직선으로 연결하면 삼각형이 만들어졌다. 병원에 다녀오려면 왕복 두 시간이 걸렸지만 개의치 않았다. 하지만 가까운 병원에 다니게 되면 이게 얼마나 멍청한 짓인지 깨닫게 된다. 지금은 회사에서 가까운 병원에 다닌다.

정신과는 주기적으로 가야 한다. 초반에는 3~5일에 한 번, 이후에는 매주 병원에 갔다. 의사가 내 상태를 파악하고 그에 맞는 약을 처방해야 하기 때문이다. 우울증이나 불안장애는 짧으면 3개월, 길게는 몇 년을 간다고 한다. 진료 간격이나 치료 기간을 따져보면 아무래도 가까운 병원이 좋다.

갑자기 병원에 갈 일도 생긴다. 불안장애가 있는 사람은 작은 외부 자극에도 감정이 요동친다. 나는 그럴 때면 병원으로 달려가 의사를 잡고 울었다. "엉엉. 약 주세요." 그러면 평소 복용하던 약 외에 비상약을 준다. 이럴 때 병원이 멀리 있으면 눈앞이 막막하다.

한 번은 지하철을 타려는데 갑자기 숨이 쉬어지지 않았다. 가까스로 정신을 붙잡고 병원으로 가는 시간을 알아봤다. 1시간. 집까지 걸리는 시간도 1시간이었다. 불안하면 결정도 쉽지 않다. 일단 승강장에 있는 의자에 앉았다. 숨이 잘 쉬어지지 않아 허리를 굽힌 채였다. 이제 숨 좀 쉬어진다 싶을 즈음 휴대전화를 들어 시간을 확인하니 1시간이 지나 있었다. 진이 빠져서 결국 택시를 타고 집으로 갔다. 결론은 가까운 병원을 가라는 것.

2. 예약제의 장단점

병원은 예약제, 비예약제로 나눌 수 있다. 초반에는 예약제가 아닌 병원이 좋은 것 같다. 병원에 가야겠다고 다짐하는 순간이 몇 안 되는데 이때 바로 못 가면 계속 미룰 가능성이 높다. 그 순간이 지나면 상태가 좀 나아진 것처럼 느껴지기도 하고 무엇보다 귀찮다. 귀찮음, 무기력은 우울증 환자들이 가지는 공통 감정이다.

그 미뤄둔 기간 동안 증상이 나아지면 다행이다. 하지만 내가 본 경우는 대부분 그렇지 않았다. 증상이 심할 때, 그리고 조금 나아질 때를 반복하다가 결국은 큰 파도가 몰아친다. 따라서 밥맛이 없고, 잠을 잘 못 자고, 세상만사가 귀찮고, 이유 없이 눈물이 날 때가 많다면 '일단' 예약 없이 갈 수 있는 병원을 추천한다.

다만 비예약제의 함정은 '대기'다. 진료를 기다리는 시간은 그렇다 쳐도 나는 다른 환자들과 마주치는 게 싫었다. 저 사람은 멀쩡해 보이는데 어디가 안 좋아서 왔을까? 저 사람은 얼마나 아프면 보호자랑 같이 오지? 어, 저 사람 울었나보다. 아마 다른 사람들도 나를 그렇게 스캔하지 않았을까 생각하니 움츠러들었다.

게다가 내 뒤에 대기자가 많으면 상담 시간 내내 신경이 쓰인다. 스무 명이 기다리고 있는데 혼자 20분 상담할 수 없다. 어떨 때는 5분 만에 상담이 끝났다. 지금 다니는 병원은 15분, 20분 간격으로 예약을 받고 있어서 상담 시간이 확보된다. 무엇보다 다른 사람들을 마주치지 않아 좋다. 굳이 타인을 스캔할 필요도 없고 스캔당할까 봐 걱정하지 않으니 말이다.

하지만 '대기자'에 대한 의견과 기분은 사람마다 다르다. 한 친구는 대기실에 많은 사람이 앉아 있는 걸 볼 때면 마음이 놓인다고 했다. 자신과 비슷한 또래의 환자를 볼 때는 일종의 연대감까지 생긴다고 했다. 자기만의 문제가 아니라는 것. 그리고 내가 이상하지 않다는 것. 우울증을 다룬 만화책《판타스틱 우울백서》에도 대기실에 있는 사람들이 서로에게 응원과 위로를 보내는 것 같은 느낌을 받았다는 대목이 나온다.

3. 그래봤자 의사

모든 조건 중 가장 중요한 것은 의사다. 내 경우 첫 번째, 두 번째, 세 번째 의사와는 잘 맞지 않았다. 첫 번째 의사는 나를 아이 다루듯이 대했다. 두 번째 의사는 내 병이 아니라 배경에 대해, 자신의 의도는 위로였겠지만 내게는 평가로 들리는 말을 자주했다. 나를 몇 번이나 봤다고 평가를 해? 불쾌감이 들었다. 세 번째 의사는 늘 "네에~", "괜찮습니다~", "아닙니다~" 정도의 대답만 했다. 그래서 병원 문을 나설 때면 뭔가 허탈했다. 내가 지금 뭘 하고 나온거지…….

이 과정에서 내가 싫어하는 것들을 알게 됐다.

- 나를 아이 다루듯이 대하지 말 것. 나는 감정을 잘 통제하지 못할 뿐이지 미성숙한 존재가 아니다.
- 투머치 토크를 하지 않을 것. 나는 '이하늬'라는 인간에 대한 평가 말고 내가 앓는 병에 관한 객관적인 정보를 선호한다.
- 들어주기 '만' 하는 사람은 답답하다.

지금 의사는 잘 묻고 잘 들어주고 적절한 조언을 한다. 내 몸 상태는 물론이고 회사에 복귀한 건 어떤지, 이사 간 집은 마음에 드는지, 동생과 싸운 일은 어떻게 됐는지 등을 묻는다. 물론 지난번 상담 내용을 훑어본 다음에 하는 질문이다. 상담 내용을 보지 않고 이런 것들을 기억하고 있으면 스토커다. 그 외에 불필요한 말은 거의 하지 않는다. 내 상태에 대한 설명이나 조언 역시 내가 받아들일 수 있는 적절한 단어를 사용한다.

MMPI 설명을 듣던 날이다. 의사는 어떤 항목을 이렇게 설명했다. "어떤 현상을 보고 대부분의 사람은 A라고 해석하는데 하늬 씨는 B라고 해석하는 성향이 높다는 거예요." 그 설명을 듣고 나는 '난 좀 독특하구나. 독특한 건 좋아'라고 생각했다. 나중에 찾아보니 그건 정신분열 관련 항목이었다(정신분열증을 조현병이라고 고쳐부르고 있다. 조현병의 '조현'은 '현을 고르다'라는 의미이기 때문에 검사에서 상태의 척도를 나타내기에는 적절하지 않아 정신분열이라는 단어를 쓴다). 충격보다는 의사에게 고마운 마음이 먼저 들었다. 만약 그 자리에서 의사가 '그건 정신분열 관련 항목이에요. 하늬 씨는 다른 사람에 비해 조현병에 걸릴 확률이 높네요'라는 식으로 말했다면 나는 더 큰 불안과 우울에 빠졌을 것이다.

의사 바꾸기를 꺼려하는 이들이 꽤 있다. 새로운 병원을 알아보고 적응하기까지 걸리는 수고가 귀찮아서, '다른 의사라고 뭐 다르겠나' 하고 생각해서, 심지어 현재 의사에게 만족하지 못하지만

'미안해서' 등등. 하지만 내 경험에 따르면 자신에게 맞는 의사는 분명히 다른 의사와 다르며 치료에도 큰 영향을 준다.

Tip 2

심리검사는 얼마나 맞을까?

나는 지금까지 세 차례 병원을 바꾸었다. 그리고 새 병원에 갈 때마다 필요한 검사를 다시 했다. 반드시 검사를 다시 할 필요는 없지만 내 상태가 궁금해서 먼저 의사에게 요구하기도 했다.

검사 종류와 비용은 병원에 따라 조금씩 차이가 있지만 큰 틀에서는 비슷했다. MMPI, 문장완성검사Sentence Completion Test(이하 SCT)가 기본인 것 같고 그 외 기질 성격 검사Temperament and Character Inventory · TCI나 로르샤흐검사 등이 있다. 검사 비용은 내 경우 적게는 2만 원에서 많게는 7만 원 정도 들었다.

MMPI는 정신과 검사 종류 중 가장 보편적으로 쓰인다. 560개가량의 문항으로 구성돼 있으며 각 문항에 '그렇다'와 '아니다'로 대답하는 방식이다. 문항 중에는 내용이 중복되는 문항은 물론 완전히 똑같은 문항도 16개나 되는데 이는 검사받는 사람의 일관성을 확인하기 위해서다.

MMPI 검사 결과지에는 ① 건강염려, ② 우울, ③ 히스테리, ④ 반사회성, ⑤ 남성 특성과 여성 특성, ⑥ 편집증, ⑦ 강박, ⑧ 정신분열, ⑨ 경조증, ⑩ 사회적 내향성 등 10가지가 나타난다. 나는 세 차례 MMPI 검사를 받았는데 건강염려, 우울, 강박은 평균보다 높게 나타났고 반사회성은 평균보다 조금 낮게, 정신분열 정도는 평균보다 조금 높게 나타났다.

반사회성이라고 하면 보통 사이코패스를 떠올리는데 이 항목이 평균보다 낮게 나왔다고 해서 좋아할 일도 아니었다. 반사회성이 낮은 사람은 △권위나 사회적인 규칙에 대해 수용적이며 △자기비판적이고 △도덕적으로 엄격한 잣대를 가지며 △치료에 지나치게 의존하는 경향이 있다고 한다. 의사의 설명을 듣는데 절로 고개가 끄덕여졌다.

SCT도 많이 하는 검사 중 하나다. 이는

나에게 이상한 일이 생겼을 때 ______

나의 장래는 ______

어리석게도 내가 두려워하는 것은 ______

다른 가정과 비교해서 우리 집안은 ______

내가 믿고 있는 내 능력은 ______

같이 제시된 미완성 문장을 완성하는 검사다. 이때 중요한 것은 주어진 말을 보고 떠오르는 대로 써야 한다는 점이다. 그래야 상담받는 사람의 상태가 더 잘 드러난다.

나는 첫 번째 정신과와 심리 상담에서 이 검사를 받았다. 두 곳의 검사지가 달라 의아했는데 알고 보니 SCT 검사 종류는 수십 가지에 이른다고 한다. 자극어의 종류가 다르기 때문이다. 자극어의 종류에 따라 검사 결과에서 가족, 친구, 권위자, 과거, 미래, 목표, 희망 등에 대한 태도를 알 수 있다.

로르샤흐검사는 받아보지 않았다. 사람들이 정신과 검사라고 하면 흔히 떠올리는 모습이 바로 로르샤흐검사와 관련된 것이다. 데칼코마니 형태로 만든 그림을 보여준 다음, 검사받는 사람에게 "이 그림이 어떻게 보이나요?", "어떤 생각이 드나요?", "왜 그렇게 보였을까요?"라고 물어보는 것이다.

이때 제공되는 그림 카드는 총 10장이며 색깔이 있는 것과 없는 것이 섞여 있다. 또 누가 봐도 명확한 것과 쉽게 답할 수 없는 애매한 것이 섞여 있는데 애매한 그림일수록 답변이 다양하게 나온다고 한다. 반면 누가 봐도 명확한 그림이 굳이 있는 이유는 당연히 인지해야 할 상황을 정확히 인지하고 있는지를 확인하기 위해서다.

로르샤흐검사를 통해 우울감이나 불안감 정도, 현재의 관심사, 정보처리 능력, 상황과 관련된 스트레스, 통제 능력 등을 평가할 수 있다. 그림카드에 대한 반응이 너무 적거나 무성의할 경우, 검사하는 사람이 충분한 해석을 할 수 없다.

그렇다면 검사는 얼마나 정확할까? 내 경우 건강염려증, 우울감, 강박증 등이 높은 기본 결과는 비슷했지만 수치가 완전히 같지는 않았다. 사람의 상태가 변하기 때문이다. 가령 깊은 우울에서 벗어나온 이후 우울감 수치는 상당히 낮아졌고 대신 우울증 초기에는 나타나지 않았던 정신분열 항목 관련 수치가 올라갔다. 주치의는 자아가 흔들리는 경험, 감정이 크게 흔들리는 경험이 해당 항목에 영향을 준다고 설명했다. 이어 이는 그 시기의 내 상태를 나타낼 뿐 계속 유지되는 것은 아니라고 덧붙였다.

따라서 한두 가지 검사로 한 사람의 지속적인 상태나 성격을 단정하기 어렵다. 김선희 정신과전문의는 "사람은 굉장히 복잡한 존재이기 때문에 검사에 따라 반응도 무궁무진하게 나온다"며 "어떤 검사가 더 정확하다, 아니다라고 말할 수 없다. 어떤 검사는 이런 부분을 잘 보여주고 어떤 검사는 또 다른 부분을 잘 보여준다"고 말했다.

다만 그는 너무 단순한 검사는 경계하라고 조언했다. 간단하고 단순한 검사일수록 사람의 유형을 극단적으로 나누는데 이는 깊이는 물론이고 과학적인 근거도 빈약하다는 것이다. 최근 유행하는 MBTI Myers-Briggs Type Indicator 역시 단순한 검사 중 하나다. MBTI는 사람을 16개 성격 유형으로 나눈다.

심층적인 검사를 받고 싶다면 '풀 배터리full-battery'라고 불리는 종합심리검사를 받으면 된다. 진행하는 곳에 따라 검사 항목은 다르지만 대개 10개 정도의 검사를 진행한다. 비용은 적게는 30만 원, 많게는 100만 원 정도 든다. 시간은 검사 수와 응답자의 상태에 따라 다른데 적어도 3시간 넘게 소요된다. 응답자의 상태에 따라 며칠에 나눠서 하는 경우도 있다.

한 번도 검사를 받아보지 않아 궁금하기는 한데 비용이 부담된다면, 병원 외에 지역 정신건강복지센터에서 저렴하게 혹은 무료로 간단한 검사를 받을 수 있다. 비용은 지역에 따라 다르니 사전에 문의하는 것이 좋다.

기억이 뭉텅뭉텅 잘려나간 느낌

포털 사이트에서 '30대 치매', '젊은 치매'를 검색했다. 치매 환자 10명 중 1명은 30~40대라는 기사가 나왔다. 이 나이대에 걸리는 치매는 진행 속도가 빠르다는 대목에 눈길이 갔다. '혹시?'와 '에이~ 설마'가 섞인 마음으로 치매 자가 진단을 했다. 14개 문항 중에 8개에 해당됐다. 결과를 확인해보니 '가까운 보건소나 치매안심센터를 방문하셔서 더 정확한 치매 검진을 받아보시길 바랍니다'라고 쓰여 있었다.

우울증 초기, 신경 쓰지 않아도 저절로 기억할 수 있었던 것들이 희미해졌다. 설거지를 하려고 싱크대 앞에 섰는데 무언가 빠진 느낌이 들었다. 빨래할 옷들을 세탁기에 넣고 동작 버튼을 누르지 않은 기억이 났다. 화장실로 가 세탁기 버튼을 눌렀다. 세탁기가 돌아가기 시작했다. 그런데 내가 뭐하다 왔지? 손으로 머리카락을 넘기는데 축축한 느낌이 들었다. 부엌에서 물소리가 들렸다. 아, 설거지…….

어제 샤워를 했는지, 샤워할 때 머리는 감았는지 기억하지 못해 매일 동생들에게 정수리를 들이밀었다. "나 머리 냄새 나? 나 어제 머리 감았어?" 샤워 후에 혼자 큰소리로 "수요일 저녁에 샤워했다!"고 말하기도 했다. 우습기까지 한 이런 일이 내 일상과 정신 건강에 미치는 타격은 적지 않았다. 이런 일이 가끔이 아니라 매일 일어난다고 생각해보라. 무서웠다.

당시 일을 쉰 이유 중 하나도 기억력 때문이다. 기사 작성에 필요한 자료를 소화하지 못했다. 분명 꼼꼼하게 읽었는데 기억이 나지 않아 앞부분으로 돌아가는 일이 하루에 십수 번 반복됐다. 앞부분에는 색연필로 밑줄까지 그어져 있었다. 평소 자주 사용했던 어휘나 기사에 매일 등장하는 사람(가령 국무총리)의 이름이 생각나지 않아 한참을 헤맸다.

내가 기억력 감퇴를 우려하자 당시 의사는 '그럴 수 있다'고 했다. 기억력과 집중력, 판단력 저하 등은 우울증 증상이라는 것이다. 이는 모두 뇌에서 일어나는 작용인데 우울증에 걸린 뇌는 원활하게 움직이지 못하기 때문이라고 했다. 그래서 노인 우울증의 경우 치매로 착각해 치매 치료를 받는 경우도 있다고 한다. 의사는 우울증이 나아지면 기억력 문제도 괜찮아질 테니 걱정하지 말라고 했다.

기억을 못하는 이유에 대해 애초에 사건을 알아채지 못한 것이라는 설명도 있다. 기억이 뇌에서 일어나는 작용은 맞지만 사건을 인지해야 기억도 하는데, 우울증에 걸리면 주변에서 일어나는 일에 쏟을 에너지가 없기 때문에 사건 자체를 알아채지 못한다는 의미였다. 거리를 지날 때 마주치는 사람의 얼굴을 모두 신경 쓰는 게 아니듯 말이다. 알아채지 못하니 기억하고 말 것도 없다.

하지만 걱정은 계속되었다. '괜찮아질 테니'라는 말은 언제일지 모르는 미래의 일이고 확실하지도 않다. 반면 내가 겪는 증상은 지금 현재, 생생하게 일어나는 일이었다. 이게 정말 우울증 때문에 나타나는 증상인지, 아니면 약 부작용은 아닌지(일부 약은 부작용으로 기억장애를 명시하고 있다), 다른 환자도 이런 증상을 겪는지, 궁금한 것이 많았지만 어디에서도 답을 찾을 수 없었다.

그때부터 나는 '쓰기'에 집착했다. 쓰지 않으면 내 시간이 다 흩어질 것 같았다. 당시 일기를 보면 감정의 흐름보다는 그날 무엇을 했는지 위주로 쓰여 있다. 우연히 내 일기장을 발견한 전 남자친구는 상기된 얼굴로 일기장을 봐도 되냐고 물었지만 이내 "비밀이 없어서 재미없다"며 덮었다. 내게는 비밀보다 일상을 글자로 잡아두는 일이 더 중요했다.

심리 상담을 하면서도 나는 적기 바빴다. 상담 내용을 기억했다가 혼자 있을 때 연습하려면 기억을 해야 하기 때문이다. 어느 날 선생님은 내게 "오늘은 쓰지 않고 상담을 하는 게 어떻겠느냐"고 물었다. 내가 선생님 얼굴도 제대로 쳐다보지 않고 '받아쓰기'에 몰두했기 때문이다. 선생님은 내게 적지 않아도 기억할 수 있고 설령 기억하지 못해도 괜찮다는 것을 알려주려 했다. 하지만 나는 상담 센터 문을 나서자마자 휴대전화에 상담 내용을 기록했다.

극심한 우울의 시기를 지난 뒤에는 그 정도로 기억을 못 하는 일은 없었다. 하지만 문제가 완전히 해결되지는 않았다. 정확한 단어를 떠올리지 못해 버벅대거나, 분명 아는 내용인데도 설명하지 못할 때가 잦다. 친구들은 "누구나 그래"라고 웃으며 말하지만 오히려 그럴 때마다 그들과 내가 다르다는 것을 실감한다. 나는 누구나 그렇다고 웃으며 말할 수 없다. 가끔 무언가를 잊을 수 있어도 그런 하루가 반복되는 것은 완전히 다르다.

우울이 심했던 시기를 떠올려보면 제대로 기억나는 것이 없다. 사진처럼 몇몇 장면만 남아 있을 뿐 나머지는 모두 뭉텅뭉텅 잘려나간 느낌이다. 가령 식욕과 관련해서는 울면서 요구르트를 먹는 장면과 몸무게를 확인하는 장면만 남아 있다. 일기장을 들춰보면 그제야 장면이 움직이고 당시 내가 어떤 감정 상태였는지 짐작할 수 있다. 기록이 없었다면 이 글도 쓰지 못했을 것이다.

이는 나만 겪는 증상이 아니다. 기억이 안 난다고 불평하자, 환우들은 격하게 공감했다. 2017년에 우울증이 발병한 친구는 이렇게 말했다.

"2017년이 통째로 기억이 안 나. 이후에도 우울증이 심해졌을 때는 무슨 일이 있었는지 잘 모르겠어. 그래서인지 2017년 이후로는 시간이 너무 빠르게 가. 시간을 건너뛰는 느낌이야."

같은 경험을 했던 다른 친구는 '복습'을 제안했다. 쓰기만 할 것이 아니라 이전에 쓴 것을 매일 읽으라고 했다. 여기서 핵심은 무작위로 읽는 것이 아니라 처음부터 읽는 것이다. 오늘이 3월 15일이면 1월 1일 일기부터 3월 14일 일기까지 읽는 것이다. 그러면 어제 일은 물론이고 몇 달 치 기억을 통째로 날리지 않을 수 있다는 것이다.

실제 이는 꽤 과학적인 방법이다. 단기기억을 장기기억으로 바꾸려면 반복이 필수이기 때문이다. 영화 〈인사이드 아웃〉에 비슷한 장면이 나온다. 주인공 라일리가 잠들면 뇌에서는 기억이 저장된 구슬들이 보관소로 이동한다. 그리고 장기기억 저장소에 보관된 구슬 가운데 잘 사용되지 않는 구슬은 색깔이 검게 변해 결국 '무의식' 영역으로 버려진다.

우울의 시기를 고스란히 기억하는 일이 유쾌할 리 없다. 하지만 기억이 나지 않는 건 더 유쾌하지 않다. 시간이 통째로 사라진 듯한 느낌은 정말 억울하다. 혹시 우울증 때문에 무언가를 잘 잊는다면 '쓰고 복습해 읽기'를 해보길 바란다. 구슬이 검게 변하지 않게.

항우울제의 기쁨과 슬픔

언제부터였을까. 친구들과 서로 "약 먹었어?"라는 질문이 어색하지 않게 된 때가. 정신 질환에 대한 이해도가 낮은 이들이 생각 없이 던지는 "약은 먹었냐?", "약 먹을 시간이다" 등의 말과 달리, 우리에게 이 질문은 서로를 챙겨주는 표현이자 안부를 묻는 말이다. 가족들도 내가 우울해하거나 잠을 잘 못 자면 약은 먹었냐고 묻는다.

우울증 4년 차, 나는 정신과 약을 '꽤' 잘 먹는 사람이 됐다. 마음대로 약을 중단하지 않고 약을 먹지 않았는데 먹었다고 거짓말을 하지 않는다. 다만 여전히 새로운 약을 처방받을 때면 왜 갑자기 이 약을 먹어야 하는지, 약의 효과는 무엇인지, 이전 약과 무슨 차이가 있고 부작용은 무엇인지를 실컷 묻고 난 다음 한동안 먹지 않는다. 그래서 '꽤'라는 수식어를 붙였다.

한국 사회는 정신과 약물에 대한 거부감이 심하다. 정신과 약을 먹어야 한다는 말을 듣고 곧장 수긍하는 사람이 얼마나 될까? 정신과에 다닌다고 하자 엄마는 "정신과 약을 먹으면 사람이 바보가 된다"며 약을 안 먹을 수 없겠냐고 했다. 우울증을 앓는 다른 친구들의 부모님 역시 비슷한 반응이었다고 한다. 부모님 세대에서는 이 정도 거부감이 '기본 값'이라는 생각이 들었다.

나 역시 처음에는 약물 거부감이 심했다. 정신과는 내 발로 찾아갔지만 약은 먹고 싶지 않았다. 상담만으로 치료하기를 바랐지만 의사는 일상생활에 지장을 줄 정도로 우울증이 진행됐기 때문에 약의 도움을 받아야 한다고 말했다. 하지만 나는 약을 제대로 먹지 않았다. 아침저녁으로 약을 먹어야 했는데 주로 저녁에만 먹었다. 잠은 자야 했기에. 아침 약은 안 먹거나 격일로 먹었다. 그리고 의사에게는 약을 먹었다고 했다. 당시 의사 소견서를 보면 "약 부작용 등에 민감한 편입니다. 치료에 양가적 감정 있습니다"라고 쓰여 있다.

약봉지를 볼 때마다 '내성 없는 약은 없다'던 엄마의 말이 떠올랐다. 처음에는 한두 알로 시작하지만 몇 달 뒤에는 한 움큼씩 먹어야 하는 게 아닐까? 어제 약을 먹었으니 오늘은 정신력으로 이겨낼 수 있다고 생각했다. 언젠가 내성이 생기더라도 격일로 약을 먹고 있으니 조금 늦게 생기겠지? 하루 먹고 하루 안 먹으면 쌤쌤이니까 괜찮아. 이런 생각을 하면서 한두 달을 보냈다.

정신과 약에 대한 사람들의 일반적인 고정관념이 부정적인 쪽으로 치우쳐 있긴 하지만 '바보가 된다'는 엄마의 우려는 완전히 근거 없는 두려움은 아니다. 졸림, 식욕 증가 혹은 감퇴, 무력감, 피로감 등은 항우울제와 항불안제의 부작용으로 알려져 있다. 처음 약을 먹었을 당시 나는 잠에 취한 상태로 오전 시간 대부분을 보냈다. '정신 차리자'라고 아무리 되뇌어도 절로 눈이 감기고 하품이 나왔다. 차라리 그 시간에 잠을 잤으면 덜 피곤했을 텐데.

한편 식욕은 가파르게 증가했다. 처음 병원에 갔을 때와 비교하면 13킬로그램이 쪘다. 이는 항우울제의 작용인 동시에 부작용인 것 같다. 우울증으로 인해 식욕이 아예 없던 시기에는, 항우울제 덕분에 식욕이 증가했다. 하지만 평소 몸무게를 회복한 이후에도 살은 계속 쪘다.

살이 찌는 이유가 뭘까. 저녁 약에 취했을 때, 배가 고프지 않은데도 무언가를 먹었다. 컵라면, 식빵, 삶은 계란, 김밥 등 종류를 가리지 않았다. 맛있는 것을 먹고 싶은 마음이 아니라 입에 무언가를 넣고 싶은 욕구였다. 눈이 거의 감긴 상태에서 무슨 맛인지도 모른 채 먹기 시작했고 다 먹기 전에 잠드는 날이 잦았다. 아침에 일어나면 침대 주변에서 전날 밤에 먹다 남은 음식을 목격할 수 있었다. 우울증에 걸리기 전에는 없던 습관이다. 정신과 전공의인 지인에게 물어보니 내가 복용하는 약이 도파민, 세로토닌 등의 호르몬과 관계가 있어서라는 답이 돌아왔다. 이런 호르몬은 보상체계(식욕이나 성욕 등)를 자극한다.

이런 상태가 반복되니 내가 좀비같이 느껴졌다. 아침에는 졸려서 정신을 못 차리고 낮에 조금 정신을 차렸다가 잠들기 전에는 아예 정신을 놓고 무언가를 먹는 모습이라니. 하지만 이 정도 부작용은 심각한 축에 속하지 않는 것 같다. 우울증, 조울증을 앓는 친구들 역시 비슷하거나 더 심한 고통을 겪고 있었다. 다른 약으로 바꾸어도 정도의 차이만 있을 뿐 졸림이나 이유 없는 식욕은 사라지지 않았다.

그럼에도 내가 약을 계속 먹는 이유는 좀 더 편하게 살 수 있어서다. 잠은 오지 않는데 출근 시간이 다가올 때의 그 두려움을 느끼기 싫다. 목이 너무 마른데도 침대에서 일어나기가 힘들어 결국 이불을 뒤집어쓰면서 자책하기도 싫다. 어떤 맛도 느끼지 못한 채 구토감을 눌러가며 꾸역꾸역 음식을 삼키기 싫다. 그때는 뭘 먹지도 않았는데 종일 구토감을 느꼈다. 지금도 스트레스가 심하면 구토감이 올라온다.

항우울제를 먹으면 정말 기분이 좋아지냐는 질문을 종종 받는다. 항우울제가 우울한 기분을 끌어올리는 것은 사실이지만 기분을 '좋음' 상태로까지 끌어올리지는 않는 것 같다. 내 경우 약을 먹으면 침대에서 일어나기가 좀 더 쉬워지는 정도다. 항우울제를 먹었다고 해서 없던 의욕이 생겨서 막 운동을 시작하고 기분이 좋아져서 하하호호 상태가 된다면 나는 약을 먹지 않았을 것이다. 약으로 내 상태가 그렇게까지 바뀌는 건 소름 끼친다.

한두 알로 시작해 한 움큼씩 먹게 되는 상황도 생기지 않았다. 우울이 심할 때는 복용량이 증가했지만 최소량으로 시작했던 항우울제와 항불안제는 3년 6개월이 지난 지금도 최소량을 유지하고 있다. 처음이나 지금이나 먹는 알약 개수도 4개에서 5개 정도로 큰 변화가 없다. 그래서 나는 약을 꽤 잘 먹는 사람이 됐다.

여기에는 내 상태에 따라 주치의가 적절하게 약을 바꿔 준 덕도 있다. 우울증이라고 모두 같은 약을 처방받지 않는다. 의사마다 사용하는 약이 다르고, 환자 상태에 따라 또 시기에 따라 바뀌기도 한다. 예를 들어 잠에서 자주 깨거나 꿈을 많이 꿀 때는 수면과 관련된 약을 바꾸고 기분이 들뜨거나 너무 가라앉는 시기에는 그에 맞게 약을 바꾼다. 의사와 상담하며 어떤 때는 하루 세 번 약을 먹었고 어떤 때는 하루 한 번만 먹었다. 필요에 따라 증량·감량이 이뤄지고 약물 종류가 바뀌는 것이다.

다만 4년째 약을 먹다보니 약물 의존이 신경 쓰이긴 한다. 특히 수면에 도움을 주는 저녁 약은 거의 매일 복용했다. 피치 못할 상황 때문에 약을 못 먹은 날에는 '약을 못 먹었다'는 생각으로 잠을 설친다. 나도 모르게 잠들었을 때에도 새벽에 깨 약을 먹고 다시 잔다. 피곤하면 낮밤 상관없이 잘 자는 걸 보면 약 없이도 잘 잘 수 있는 몸인데 말이다.

다른 친구 역시 약물 의존을 걱정한다. 평소와 다름없이 회사로 출근한 어느 날, 친구는 아침 약을 먹지 않았다는 사실을 알아챘다. 사무실에서 급히 가방을 뒤졌지만 약이 없었다. 불안과 초조가 빠른 속도로 올라갔고 결국 친구는 택시를 타고 몰래 집에 다녀왔다. 그리고 마치 변비인 것처럼 행동했다고. 아이러니하게도 친구는 약에 대한 거부감이 매우 심했던 사람이었다.

약의 작용·부작용은 사람마다 다르다. 하지만 확실한 건 약물이 모든 것을 해결해줄 수는 없다. 나와 친구들의 경우만 봐도 그렇다. 나는 약 덕에 잘 먹고 잘 자게 되었지만 우울증의 원인을 없애지 못했다. 심지어 아직 원인도 모른다. 졸림과 이유 없는 식욕은 매우 거슬리는 부작용이다.

약의 작용과 부작용은 다른 병에 대입해도 마찬가지다. 가령 고혈압은 약을 복용할 때에 한해서 혈압을 조절할 뿐이지, 고혈압 자체를 제거하지 않는다. 심장 박동이 느려지면서 호흡이 곤란해지거나 피가 빠르게 돌지 않아 다리가 붓는 등의 약 부작용도 있다. 고혈압 약으로 혈압을 관리하는 것처럼 나는 정신과 약으로 수면과 식욕, 감정의 높낮이 등을 관리한다. 이렇게 생각하면 정신과 약에 대한 거부감이 조금 줄어든다.

관리에는 약만 들어가는 것은 아니다. 나는 인대파열 진단을 받은 이후 매일 발목 운동을 한다. 약도 먹고 주사도 맞지만 그것만으로는 발목이 좋아지지 않는다. 하다못해 감기에만 걸려도 감기에 좋은 각종 음식을 일부러 찾아 먹고 적당한 온도와 습도를 유지하는 등 나름의 노력을 한다. 우울증이라고 다르지 않다. 약과 더불어 우울증 회복에 도움이 되는 환경을 만들려는 노력이 함께 있어야 한다. 세상에 만병통치약은 없으니까.

Tip 3

약은 어떤 원리로 작동할까?

우울증 약의 작동 원리를 이해하려면 '신경전달물질'이라는 낯선 단어부터 알아야 한다.

인간의 뇌에는 수많은 신경세포와 신경전달물질이 있다. 신경세포는 서로 정보를 교환하고 통합하는데, 이때 A라는 신경세포에서 B라는 신경세포로 신호를 이어주는 것이 신경전달물질이다. 릴레이 달리기를 할 때 앞사람과 뒷사람 사이의 '바통'이라고 생각하면 쉽다.

우울증과 관련된 신경전달물질은 세로토닌, 노르에피네프린, 도파민이 대표적이다. 세로토닌은 기분, 수면, 기억력, 불안, 초조, 식욕 등에 관여한다. 노르에피네프린은 스트레스를 받을 때 분비되는데 동시에 에너지, 흥미, 동기부여 등과 관련이 있다. 도파민은 운동 기능, 새로운 것에 대한 탐색, 성취감, 동기부여 등과 관련이 있다. 항우울제는 이것들을 줄이거나 높이는 방식으로 작용한다.

가장 보편적으로 쓰이는 항우울제는 세로토닌 계열이다. 세로토닌이 '행복 호르몬'이라고 불리는 탓에, 세로토닌 계열 항우울제를 먹으면 마약처럼 곧바로 기분이 좋아진다고 생각할 수도 있다. 하지만 실제 약은 그런 원리로 작동하지 않는다.

A라는 신경세포에서 세로토닌이 100개가 나와 B에 그대로 전달되어야 하는데, B가 30개만 받았다고 생각해보자. 그러면 남은 70개의 세로토닌은 다시 A로 흡수되고 결과적으로 뇌는 세로토닌이 부족하다고 느낀다. 이때 항우울제는 B로 가지 못한 세로토닌이 A로 돌아가지 않게 재흡수를 막는 역할을 한다. B가 '언젠가' 흡수할 수 있도록 말이다.

우울증을 비롯한 정신과 약을 몇 달씩 복용해야 하는 이유도 여기에 있다. 항우울제는 세로토닌이 A로 재흡수되는 걸 막아주지만 그렇다고 B가 세로토닌을 곧장 받는 것이 아니기 때문이다. 즉시 효과가 나타나는 진통제나 수면제와는 약의 작동 원리 자체가 다르다. 의사들에 따르면 항우울제는 최소 3개월에서 6개월 정도 복용해야 한다.

그래서 많은 이가 정신과 약물 의존 혹은 중독을 우려한다. 우리가 흔히 먹는 진통제나 감기약, 소염제 등은 이렇게 장기 복용하는 경우가 없기 때문이다. 나 역시 4년 가까이 항우울제와 항불안제를 먹어온 탓에 '정신과 약을 먹지 않고 지낼 수 있을까?', '평생 약을 먹어야 하는 건 아닐까?'라는 걱정이 불쑥 불쑥 올라온다.

이에 대해 전문가들은 항우울제는 몇 개의 약물을 제외하고는 약물 의존, 그리고 이로 인한 금단 현상은 심각하지 않다고 말한다. 윤철호 정신건강사회복지사(정신과 병원 및 지역사회에서 정신보건과 관련한 서비스를 제공하는 일을 한다)는 "의료진과 상의 없이 환자가 알아서 약을 중단하는 경우가 많은데 이게 바로 중독성이 없다는 증거가 될 수 있다. 담배나 알코올 중독과 비교하면 쉽다"며 "대부분의 정신과 약은 금단현상이 거의 나타나지 않는다"라고 말했다.

장창현 정신과전문의는 벤조디아제핀 계열의 항불안제에 대해서는 금단현상을 주의해야 한다고 지적했다. 벤조디아제핀 계열 약물은 빠른 항불안효과와 안정을 도와주지만 장기간 복용할 경우 신체적, 심리적 의존이 발생할 수 있다는 것이다. 자낙스, 리브리움, 바리움, 옥사제팜, 로라제팜, 클로나제팜, 아티반 등이 벤조디아제핀 계열 약물이다.

정신과전문의와 사회복지사, 우울증 및 조울증 당사자를 만나 봤지만 약에 대한 경험과 의견은 각자 달랐다. 하지만 이들 모두 갑자기 약을 끊는 것은 좋지 않다고 입을 모았다. 조울증을 앓고 있는 한 친구는 갑자기 약을 끊은 뒤 증상이 나빠져 폐쇄병동에 입원했다. 그는 "절대로 마음대로 약을 끊어서는 안 된다"고 강조한다.

김선희 전문의는 "증상이 나아진 것 같다는 판단에 주치의와 상의 없이 약물을 중단하는 분들이 있다. 이들 상당수가 얼마 뒤 다시 정신과를 찾는다. 이렇게 약물을 먹다가 안 먹다가를 반복하면 치료 효과가 더디다"라며 "약물을 끊고 싶다면 상담을 통해 매주 복용량을 줄여나가는 식으로 하면 된다"고 말했다.

2

병원도 가지만 상담도 받아요

심리치료는 언제 시작하는 것이 좋을까?

엄마는 어렸을 때부터 자식들에게 약을 잘 먹이지 않았다. 감기에 걸리면 매실청을 데워 주었다. 체하면 바늘로 손과 발을 다 땄다. 이런 방법은 실제로 효과가 있었다. 엄마는 "약을 자꾸 먹으면 내성이 생겨서 결국에는 점점 더 많은 약을 먹어야 한다"고 말했다. 그런 환경에서 20년을 살았다. 장기간 약을 복용한 기억은 당연히 없다.

우울증 진단을 받은 뒤, 약 대신 상담으로 치료를 시작하고 싶었다. 보통 정신과라고 하면 입원, 약물, 심리치료를 떠올린다. 내게는 입원-약물-심리치료 순으로 부담스러웠다. 나는 모두가 약물 치료를 부담스러워할 거라고 생각했다. 그러나 우울증을 앓고 있는 또 다른 친구는 심리치료가 제일 부담스럽다고 했다. 정해진 시간 동안 낯선 이에게 자신의 내밀한 이야기를 꺼내기 싫고, 또 어렵다는 이유였다.

병원에 다닌 지 한두 달 즈음 됐을 때 의사에게 심리치료에 대해 물었다. 약을 끊고 상담만으로 치료하고 싶다고 했다. 의사는 시큰둥하게 때가 아니라고 했다. 왜 때가 아니냐고 물었더니 심리치료로 효과를 볼 수 없는 단계라고 했다. '때가 아니다'와 '심리치료로 효과를 볼 수 없는 단계다'는 같은 말이다. 성의 없는 대답이었다.

'설마 내가 다른 병원에서 심리치료를 받을까 봐, 그러면 병원은 환자 하나가 없어지고. 환자는 곧 돈이니까……. 그래서 제대로 답을 해주지 않나?'라는 다소 엉뚱한 그러나 나름 논리적인 생각이 들었다. 내가 불안장애라서 그런 것인지 잘 모르겠지만 설득될 만한 답, 논리적인 대답을 듣지 않으니 그런 생각이 비집고 들어왔다. 의심은 확신으로 굳어졌고 의사가 살짝 미워지기까지 했다.

다른 병원으로 옮긴 뒤, 첫 진료 시간에 심리치료 이야기를 꺼냈다. 이전 병원에서의 경험으로 나는 알았다. 초진 상담 시간이 가장 길다는 것을. 그래서 초진에서 그동안 궁금했던 것들을 물어봤다. 의사는 내 상태를 컵에 담긴 물로 표현했다. 컵은 마음의 근육이고 물은 내 감정이다. 지금은 컵이 너무 약해서 조금만 컵을 움직여도 물이 흐른다. 어느 부분에는 금까지 가서 이미 물이 새고 있다. 그러니 일단 금부터 때우자. 의사는 그게 약물 치료라고 했다.

그렇다면 언제 상담을 시작할 수 있을까? 의사는 내게 컵에 생긴 균열을 없애면 일상생활이 가능해진다고 설명했다. 이후에 컵을 튼튼하게 하는 것은 약물보다는 심리치료가 효과적이라고 했다. 금이 간 상태에서는 컵을 튼튼하게 하려고 해봤자 소용없다는 것이다. 비로소 수긍이 갔다. 약물에 대한 거부감이 줄면서 약을 열심히 먹었다. 이때의 경험은 이후에도 도움이 됐다. 의사를 의심하며 괴로워하기보다는 민망해도 계속 물어보는 편이 내게 맞았다.

약을 먹으면서 일상이 서서히 회복됐다. 먼저 식욕이 돌아왔다. 우울증이 심할 때에는 그냥 아무거나 먹었다. 음식 맛을 잘 느끼지 못했고 배가 고파도 먹고 싶다는 생각이 들지 않았다. 당시 고속도로 휴게소에서 있었던 일이다. 그날은 오후가 될 때까지 아무것도 먹지 않아서 무언가를 먹어야 했다. 그런데 먹고 싶은 것이 없었다. 휴게소 편의점과 푸드 코트를 몇 번이나 돌았다. 한쪽에서 내 또래로 보이는 이들이 "이거랑 이거 중에 뭐 먹지?"라는 대화를 나누고 있었다. 그 생동감이 낯설면서 부러웠다. 저 사람들은 먹고 싶은 게 많구나. 그게 고민이구나. 나는 왜 이 모양인가 싶어 슬펐다.

얼마간 약을 복용한 뒤의 어느 주말, 냉장고 문을 열었다. 먹을 건 많았지만 마음에 드는 게 없었다. 지갑을 들고 동네 슈퍼에 갔다. 우유와 씨리얼, 요구르트 같은 것들을 샀다. 집으로 돌아가는 길에서 깨달았다. 필요가 아니라 욕구에 의해서 슈퍼에 간 일이 참 오랜만이구나.

약을 먹자 잠도 꽤 잘 수 있게 되어 보통 6시간 정도 내리 잤다. 가끔 꿈을 지나치게 많이 꾸기도 하고 매일 6시간씩 꼬박 자는 건 아니었지만 일단 잘 수 있다는 자체가 좋았다. 예전에는 1시간마다 깼는데 약을 먹으면서는 3시간 혹은 4시간이 지나서야 한 번 깼다. 심지어 당시에는 수면제도 먹지 않았다. 안정제만으로도 잠을 잘 수 있다는 것이 신기했다. 이후 수면의 질을 더 높이기 위해서 수면제까지 처방받았는데 그때는 6~8시간을 죽은 듯이 잤다.

인간이 살아가는 데 있어서 반드시 필요한 것들이 해결되니 다음 욕구가 생겼다. 좋아하는 노래를 찾아서 들었고 책을 읽었다. 좋은 문장을 발견하면 트위터나 휴대전화 메모장에 기록했다. 그 순간에 오는 짧은 설렘이 있다. 오랜만에 느끼는 기분 좋은 감정이었다. 거짓말 같았다. 친구들도 하나둘 다시 만났다. 우울증이 심할 때에는 친구들을 만나기는커녕 연락에 답을 할 에너지도 없었다.

처음 병원에 갔을 때를 기준으로 여기까지 오는 데 7개월 정도 걸렸다. 휴대전화를 보면 그 7개월 동안 친구들과 찍은 사진이 거의 없다. SNS에 올릴만한 사진도 없다. 여전히 컵은 약했지만 금은 메워진 것 같았다. 다시 의사에게 심리치료를 물었다. 상담을 받아도 좋다는 답을 받았다. 기분이 좋으면서도 믿기지 않았다. 정말? 정말 내가 상담을 받아도 된다고?

2년가량 정신과와 심리 상담을 병행했다. 주변에서 뭐가 더 낫냐는 질문을 많이 받는다. 나는 전문가가 아니고 질문자의 상태를 모르기 때문에 확답할 수는 없다. 특히 정신과나 심리 상담은 정말 '복불복'이다. 어떤 의사나 상담사를 만나느냐에 따라 크게 달라진다. 단지 사람이 좋다고 해결되는 일은 아니다. 내가 어려움을 겪는 부분이 무엇인지, 이 어려움은 어떤 성별·연령대의 의사나 상담사와 이야기해야 할지 곰곰이 따져봐야 한다. 단번에 알기 어렵지만 의사와 상담사의 성향 역시 중요하다.

내가 할 수 있는 이야기는 나와 내 친구들의 사례다. 한 친구는 마음 근육이 아주 약해진 상황에서 심리치료만으로 우울증을 극복하려 했다. 약물과 병원에 대한 거부감이 컸고 주변에서 정신과 권유도 받지 못했다. 그는 2년 가까이 상담을 했지만 일상생활은 여전히 어려웠다. 그는 상담하는 날을 제외하고는 집 밖으로 나오지 않았다.

그의 상담사에게 문제가 있었던 것은 아닌 듯하다. 직장까지 그만두고 동굴 속에 있던 그는 그래도 상담 약속이 있는 날에는 집 밖에 나갔기 때문이다. 상담사는 그가 경제적으로 어렵다는 것을 알고 난 이후 상담 비용을 절반 이상 깎아주기도 했다. 당시 그에게는 상담사가 유일한 '관계'였다.

그런데 여기서 문제가 생겼다. 상담사가 너무 고마웠던 나머지 그는 상담사를 실망시키고 싶지 않아 상담 시간에 거짓말을 하기 시작했다. 우울증이 나아지고 있는 것처럼. 그런 상담이 우울증 회복에 도움이 될 리가 없다. 좋은 상담사였음에도, 또 상담사와 친구의 합이 맞았음에도 상담이 별 도움이 되지 않은 사례다.

그는 지금 약물과 심리치료를 병행하고 있다. 여전히 의사와 상담사에게 의존하는 경향이 높지만 그래도 예전보다는 덜해졌단다. 그래서 나는 "정신과랑 심리 상담 중에 뭐가 더 좋아요?"라는 질문을 받으면 일상생활이 불가능하다면 먼저 정신과 의사를 만나라고 답한다. 일상생활이 가능한데 우울감, 불안감이 심하다면 상담사를 만나보는 것도 괜찮다고 답한다.

너 지금 무슨 생각해?

심리치료에서 얻은 것 ①

정신과를 다닌 지 7개월 정도가 지났을 때다. 원한다면 심리치료를 병행하는 것도 좋다는 의사의 말에 지인에게 추천받은 한 상담 센터에 전화를 했다. 우울증으로 정신과를 다니고 있는데 심리치료도 병행하고 싶다고 말했다. 한 달 뒤로 예약이 잡혔다. 예약이 밀려 있다고 했다.

상담을 받고 싶은 마음과 받기 싫은 마음이 뒤섞인 상태에서 상담 센터를 찾았다. 나는 정말 상담이 필요한가? 효과가 있을까? 상담 선생님은 어떤 사람일까? 지하철역에서 나와 한참을 걸었다. 대로변에서 골목으로 들어갔고 골목에서 더 작은 골목으로 들어갔다. 설마 이런 곳에? 게다가 주소에 따르면 센터는 주택이었다. 설마 주택에? 입구에 센터 이름이 적힌 문패가 달려있었다. 문패 옆에서 노란 리본이 흔들렸다.

그래도 문을 열고 들어가자 센터 느낌이 났다. 응접실에는 편안해 보이는 소파가 있었고 그 뒤에 책장이 있었다. 책장에 꽂힌 책을 보면 그 공간, 혹은 사람을 대충 짐작할 수 있다. 사회 곳곳에 존재하는 부당함과 불편함에 대해 말하는 책들이 눈에 들어왔다. 책장 옆 테이블에는 한국여성민우회의 '해보면 캠페인' 스티커가 붙어 있었다. '외모에 대해 말하지 않는 일주일 살아보기.' 내 노트북에도 붙어 있는 것이었다.

좋은 곳이구나 싶었다. 하지만 동시에 싫었다. 왠지 도덕적으로 바른말만 해줄 것 같았다. 당시 나는 모든 것에 회의적이었고 도덕적으로 바른 것들에 대해 더욱 그랬다. 지금 생각해보니 우울증과 무관하지 않았던 것 같다. 우울이 심해지면 시야가 좁아진다. 내 몸과 정신의 건강 외에는 눈에 잘 들어오지 않는다. '내가 아픈데 외모에 대해 말하지 않는 게 무슨 소용이야? 다 필요 없어!' 이런 마음이었다.

다소 회의적인 태도로 첫 상담에 들어갔다. 내가 상상했던 상담은 이런 거다. 나는 긴 소파에 누워 있다. 선생님이 나의 어린 시절에 대해 묻는다. 상담 과정에서 나는 미처 알지 못했던 트라우마를 발견한다. 미국 드라마를 많이 본 탓이다. 상담실 문을 조심스럽게 두드렸다. 나와 동갑이거나 한두 살 많을까 싶은 여성이 웃으며 나를 맞았다. 상담 선생님과의 첫 만남이었다. 그 인연이 2년이나 이어질 것이라 생각하지 못했다.

우리는 작은 방에서 테이블을 사이에 두고 마주 앉았다. 소파는 푹신했고 쿠션도 여러 개 놓여 있었다. 테이블에는 정신과 진료실과 마찬가지로 갑 티슈가 있었다. 선생님은 왜(어떻게) 상담 센터를 찾게 됐는지, 그리고 상담에서 무엇을 얻고 싶은지 등을 물었다. 우울증 진단을 받고 병원에 다닌 지 꽤 되었는데 여전히 우울해서 힘들다고 말했다. 그리고 상담을 통해서 우울감을 줄이고 싶다고 했다.

선생님은 여러 가지를 물었는데 구체적으로는 기억나지 않는다. 내가 두서없이 대답했다는 것만 또렷하다. A라는 질문을 받았는데 어느새 나는 B에 대해 이야기하고 있었다. 그래서 나는 수차례 "아, 질문이 뭐였죠?"라는 말을 했던 것 같다. 진료실이나 상담실에서는 울어도 된다는 걸 이미 알았을 때라 갑 티슈를 뽑아 쓰면서 편하게 울었다. 선생님은 내가 하는 말을 종이에 쓰기도 하면서 잠잠히 들어주었다. 그렇게 50분이 지나갔다.

첫 상담 후 선생님은 총 8번의 상담을 권유했다. 상담 시간은 50분, 1회 비용은 8만 원이었다. 주1회는 무리여서 격주로 가기로 했다. 상담 횟수를 굳이 정하는 이유는 그 8번 상담에서 단계를 밟아나가기 위함이라고 했다. 두세 번 상담으로는 크게 효과가 없다는 설명도 들었다. 그리고 몇몇 서류에 사인했다. 상담 내용은 비밀이 보장되지만 자해나 자살의 위험이 있다고 판단될 경우 보호자에게 연락한다는 내용도 있었다. 나는 당시 만나던 사람을 보호자로 썼다.

상담을 끝내고 나오는 길에 허무감이 밀려왔다. 지금 뭐 한 거지? 이거 그냥 친구 만나는 거랑 비슷하잖아. 심지어 선생님은 내 또래인 것 같던데 전문가가 맞을까?(전문가가 맞았다.) 수다 떠는 비용으로 8만 원을 냈다고? 매번 이런 식이면 어쩌지? 이미 비용은 지불했고 내게는 7번의 상담이 남아 있었다. 슬픈 예감은 틀리지 않았다. 이후 상담도 비슷했다. 주로 근황 토크. 무슨 일이 있었고 어떤 생각이 들었는지, 느낌은 어땠는지 등의 질문을 받았다.

일상에 딱히 새로운 일은 없었고 상태도 나아지지 않았기 때문에 나는 할 말이 별로 없었다. "음…… 잘 모르겠어요", "별 생각 안 들었어요", "생각 안 해봤어요", "기억이 잘 안 나요", "느낌이랑 생각이랑 다른 건가요?" 등 각양각색의 모르겠다는 답이 이어지는 가운데 말 그대로 '현타'가 왔다. 두 번째 혹은 세 번째 상담에서였던 것 같다. 전부 나에 대한 질문인데 나는 제대로 답하는 것이 없었다. 아, 이래서 상담을 받는구나.

그래서 받은 첫 번째 과제가 '질문하기'다. 어떤 상황이 닥치면 다음과 같이 스스로 물으라는 거다.

나 지금 어떤 기분이지?

이건 짜증일까? 귀찮음일까? 무기력일까? 그것도 아니면 화가 난 걸까?

상대를 때리고 싶은 걸 보니 이건 화에 가까울 수 있겠다.

근데 나는 왜 이 상황에 화가 나는 거지?

화를 내서 상황을 어떻게 처리하고 싶은 거지?

내 감정을 이렇게 세분화해서 들여다본 것은 처음이었다. 예전에는 감정의 종류가 다양하다는 생각을 못했다. 그래서 감정을 묻는 질문들이 어색했다. 그동안 별생각 없이 살아왔기 때문에 "지금 무슨 생각해?"라고 물으면 "생각해야 한다는 생각해"라는 말도 안 되는 답을 하기도 했다.

요즘은 조금 잘 할 수 있게 되어서 가끔 내 생각이나 느낌을 노트에 쓴다. 여전히 '오늘 무슨 무슨 일이 있었는데 별 생각이나 감정이 들지 않았다'고 쓸 때가 잦긴 하지만……. 그리고 내 감정이나 생각을 파악하는 일은 상당한 시간과 노력을 요하는 것이었다. 멈추고 들여다보지 않으면 놓치기 십상이다.

좋은 점은 이렇게 묻다 보면 '우선순위'가 조금 명확해진다는 것이다. 우선순위는 내가 선호하는 순위이기도 하고 내 상황을 생각했을 때 경중을 따져야 할 순위이기도 하다. 딱히 피곤하지 않지만 주말 일정이 있는 상황을 가정해보자. 나는 미안하다는 말을 꺼내기 어려워서 그냥 약속에 나가 그 시간 내내 약속을 거절하지 못한 나를 원망하는 사람이었다. 몸도 마음도 피곤한 시절이었다. 미안한 마음과 쉬고 싶은 마음 중에 어느 것이 더 큰지 몰라서였다.

지금은 일단 나 자신에게 묻는다. 지금 그 약속에 가고 싶은 마음은 몇이야? 방구석에서 뒹굴고 싶은 마음은 몇이지? 그 약속에 안 가면 나중에 얼마나 후회할 것 같아? 거기 가면 우울할 것 같아? 이런 것들을 그냥 수치화해버린다. 우선순위를 알게 되면 결정이 쉬워진다. 그리고 결정을 내린 이후에는 더 이상 생각하지 않으려 한다.

변화를 느끼고 나니 수다 같았던 상담 시간이 아깝지 않았다. 우울감 완화를 위해 상담 센터를 찾았는데 나에 대해서도 알 수 있다니 이득이라고 생각했다. 나는 8번의 상담을 끝낸 이후에는 횟수를 정해두지 않고 상담을 이어갔다. 우울감이 심할 때는 격주로 센터에 갔고 조금 살 만할 때는 두 달에 한 번 가기도 했다. 물론 지금도 나를 자세히 들여다보는 일은 쉽지 않다. 그래도 최소한 나 자신에게 "너 지금 무슨 생각해?"라고 물어볼 수 있게 되었다.

Tip 4

나에게 맞는 상담소 찾는 법

1. 자격증을 확인하라

심리 상담소를 찾는 건 정신과를 찾는 것보다 더 어렵다. 정신과는 자격증이라도 똑같지만 상담은 그렇지 않다. 심리학을 전공하지 않은 사람이나 심리 상담 관련 자격증이 없는 사람도 심리 상담소를 운영할 수 있다. 한국직업능력개발원의 민간자격정보에서 '심리 상담'으로 검색하면 관련 민간자격증은 2954개에 이른다. 이 중에는 몇 개월 만에 딸 수 있는 자격증도 있다.

범람하는 자격증 중에서 '전문가'는 공신력 있는 학회가 인정하는 심리상담사와 임상심리전문가다. 심리상담사는 한국상담심리학회 혹은 한국상담학회, 임상심리전문가는 한국임상심리학회에서 자격을 관리한다. 이들 학회가 요구하는 조건은 다른 민간자격증에서 요구하는 조건보다 까다롭다.

한국상담심리학회와 한국상담학회 자격증이 있다는 것은 심리학, 교육학, 아동학, 청소년학, 가족학 등을 전공했으며 석사학위 이상을 가지고 있다는 의미다. 한국임상심리학회 자격증 역시 임상심리 관련 석사학위와 병원 임상 경험이 있는 사람만 받을 수 있다.

심리상담사와 임상심리전문가의 가장 큰 차이는 임상 경험 여부다. 임상심리전문가는 병원에서 1년~3년 남짓 임상심리 레지던트 과정을 거친다. 그래서 임상심리전문가는 일반 심리 상담과 정신 질환 상담을 모두 할 수 있다. 내 상담 선생님도 임상심리전문가였다. 정신 질환 상담이 따로 필요 없다면 심리상담사로 충분하다.

전공과 자격은 어떻게 확인할 수 있을까? 생각보다 간단하다. 한국임상심리학회 홈페이지의 '임상심리전문가 조회' 코너, 한국상담심리학회 홈페이지 '지역별 상담 서비스'에서 내 지역에 있는 임상심리전문가, 심리상담사를 찾을 수 있다. 한국상담심리학회의 경우 지역과 이메일은 물론 상담사의 자격 번호까지 명시하고 있으니 참고하자.

2. 접수 면담

전공과 자격증을 확인했다면 접수 면담을 활용해보자. 접수 면담은 상담을 시작하기 전에 내담자와 상담사가 서로 간단한 상황을 파악하기 위해 진행한다. 나는 접수 면담은 하지 않았지만 여유가 된다면 접수 면담을 하는 걸 추천한다. 대부분 접수 면담에는 따로 비용이 들지 않는다.

접수 면담을 통해 내담자는 상담 센터의 분위기를 알 수 있고 자신에게 필요한 것이 무엇인지 좀 더 명확하게 알 수 있다. 심리적으로 힘들다고 해서 무턱대고 상담을 시작하기보다 우울감을 느끼는 여러 요소 중에서 급한 것이 무엇인지를 생각해 상담 목표로 설정하는 것이 좋다.

그리고 해당 상담 센터가 내가 겪는 문제를 전문으로 다루는 곳이 아니라면 다른 곳을 추천받을 수도 있다. 실제 친구 ㄱ은 평소 좋아했던 심리상담사가 있는 센터를 찾아갔으나 접수 면담을 통해 다른 센터를 추천받았다. ㄱ은 "페미니즘에 대한 이해가 있는 센터면 좋겠다"는 의사를 밝혔고 추천 덕분에 가족 상담을 전문으로 하는 곳에서 상담을 받을 수 있었다.

3. 상담 방식

심리 상담을 진행하는 방식(프로그램)은 센터마다, 사람마다 다르다.

내 경우 따로 교재는 없었고 그때그때 내가 하고 싶은 이야기를 하는 방식으로 진행됐다. 가끔 숙제가 있었지만 숙제를 안 해도 상담에 지장을 주진 않았다. 숙제는 불안, 우울을 수치화해보기, 주말에 친구 만나기, 불안할 때는 멈추기 등이었다.

친구 ㄴ은 교재를 중심으로 상담을 진행했다. 교재에 따른 상담 차례, 진도 그리고 숙제가 있었다. 교재를 통해 ㄴ은 다음 시간 상담 내용을 '예습'할 수도 있었다. 매우 체계적이어서 ㄴ은 마치 과외를 받는 것 같다고 말했다. 우울이나 불안이 아닌 문제 행동 교정을 위한 상담이었기에, 이런 방식은 ㄴ에게 무척 효과적이었다.

극심한 우울 때문에 위로가 필요한 상황이라면 '공감'에 중심을 둔 상담도 좋을 것 같다. 우울증과 대인 관계로 어려움을 겪던 ㄷ이 대표적인 사례다. ㄷ은 대화 도중 주제 바꿔보기, 의사에게 약 성분에 대한 자세한 설명 요구하기 등을 과제로 받았다. 하지만 ㄷ은 상담을 끝까지 이어가지 못했다. 자기 몸도 추스르기 힘든 상황에서 과제까지 할 에너지가 없었기 때문이다. 당시 ㄷ에게 필요했던 것은 들어주고 위로해주는 상담이었다.

이처럼 상담 방식은 교정하고 싶은 문제, 그리고 사람의 상황마다 다르다. 따라서 심리 상담소를 찾기 전 자신이 원하는 방식을 충분히 생각해보고 또 실제 상담에서도 자신이 원하는 것을 요구하는 태도를 권한다.

우울증의 원인 찾아 헤매기

우울증을 진단받고 나서, 무엇보다 왜 우울증에 걸렸는지 알고 싶었다. 초발 당시 겪은 일 중에서는 특정할 만한 것이 없었다. 지난 시간을 돌아봐도 마찬가지였다. 화목한 가정에서 자랐고 주변에 좋은 이들이 있었다. 내가 원하던 일을 업으로 삼아 돈을 벌었다. 그래서인지 아빠는 내게 "먹고사는 걱정이 없어서 우울증에 걸렸다"고 말한다.

특정한 일이 없어도 우울증에 걸릴 수 있다. 일본의 정신과 의사 오카다 다카시는 《선생님, 저 우울증인가요?》에서 원인이 분명하게 있는 '반응성 우울증'은 다른 우울증에 비해 증상이 약하고 단기간에 끝난다고 설명한다. 이 책에 따르면 독일의 정신의학자 에밀 크레펠린은 정신 질환을 내인성(유전적, 체질적), 기질성(뇌 손상이나 신체 질환의 2차적 영향으로 인한 정신 질환), 심인성(스트레스와 심리적 충격)으로 나눈다. 이런 분류가 정답이라고 할 수는 없지만 우울증을 이해하는 데 도움이 되었다.

나는 어디에 속할까. 일단 기질성은 아니다. 그럼 내인성인가? 제일 먼저 떠오르는 것이 겁이 많고 소심한 내 성격이다. 나는 갈등을 극도로 싫어한다. 한 친구는 나를 평화주의자라 했다. 하지만 평화주의자는 평화를 위해 싸우는 사람이고 나는 그냥 갈등 상황을 피해버리는 사람이다. 그러니 늘 상대의 눈치를 본다. 상대의 기분을 빠르게 알아채야 갈등이 생기지 않기 때문이다. 눈치를 채려면 늘 촉각을 곤두세우고 있어야 하는데 이는 정신적, 육체적으로 피곤한 일이다.

보통 어린 시절 양육자에게 많이 혼난 아이들이 눈치가 빠르다고 한다. 그러나 나는 그것과는 거리가 먼 어린 시절을 보냈다. 아주 어릴 때부터 초등학교 저학년 때까지 외갓집에서 자랐는데, 할아버지, 할머니는 나를 위해 뭐든지 할 수 있었고 무엇도 하지 않을 수 있는 분들이었다.

할머니는 젊은 시절 허리를 크게 다쳐 무거운 물건은 절대 들지 않으셨는데, 내가 언덕 위에 있는 그네를 좋아한다는 이유로 매일같이 나를 업고 언덕을 오르셨다. 나는 친구들보다 할아버지, 할머니와 노는 게 더 좋았다. 그래서 할아버지는 나를 회사에 데리고 '가야만' 했다. 나는 할아버지 의자에 앉아서 놀고 정작 할아버지는 다른 의자에 앉아 일하시던 장면이 아직 생생하다.

엄마와 마주앉아 왜 내가 '눈치 보는 인간'이 되었는지를 두고 이야기를 나눴다. 우리의 결론은 '엄마'로 이르렀다. 엄마가 화를 자주 냈다면 쉽게 "엄마 때문이야"라고 했을 테지만 그는 관대한 양육자에 가까웠기 때문에 우리는 나름의 결론에 도달하기까지 헤맸다. 엄마는 어릴 때부터 나와 동생들 앞에서 잔소리나 걱정을 늘어놓는 일이 없었고, 우리가 대학을 졸업할 때까지 성적표 가져오라는 말도 하지 않았다. 중학교 때 술을 마셔 부모가 학교로 소환됐을 때도 엄마는 그냥 웃고 넘겼다.

하지만 엄마는 내게 보통의 사랑만 주었다. 둘도 없는 사랑을 받던 세계에서 보통의 사랑만 받는 세계로의 이동은 낯설었다. 그건 정말 다른 세계였다. 할머니와 할아버지는 나를 혼내지 않았는데 엄마에게는 혼난 기억이 많다. 과자를 먹어서, 종일 텔레비전을 봐서, 재능수학을 안 풀어서, 재능수학을 답지 보고 베껴서 등등. 할머니는 내가 밥 먹을 때 입만 크게 벌려도 '아이고 잘 먹는다'며 칭찬했는데 엄마는 당연히 그런 일로는 칭찬하지 않았다.

나는 엄마를 무서워하면서도 엄마에게 칭찬받고 싶은 마음이 간절했다. 할아버지가 돌아가신 후 나는 부모와 본격적으로 같이 살기 시작했다. 이제 내게 칭찬을 해줄 사람은 엄마, 아빠 뿐이었다. "하늬는 ○○을 참 잘하네"라는 말을 엄마에게 들은 날이면, 종일 그 말을 만지작거렸다.

"그래서 니가 엄마 눈치를 보고 어른이 되어서는 다른 사람들 눈치를 보게 된 게 아닐까?"

이런 결론에 먼저 도달한 것은 엄마였다.

그럴싸했다. 게다가 나는 다른 사람의 칭찬, 인정, 평가가 매우 쉽게 끼어들 수 있는 환경에서 일한다. 기사가 될 만한 사건은 항상 일어나기 때문에 매일 경쟁이다. 같은 사건을 두고도 좋은 기사, 평범한 기사, 나쁜 기사가 생산된다. 어떤 방향으로 취재할 것인지부터가 경쟁의 시작이다. 얼마나 빠르게 기사를 완성하는지도 마찬가지다. 그리고 이 경쟁 노동의 성과물은 누구나 볼 수 있는 곳에 노출된다.

칭찬은 달콤했다. 내가 쓴 기사가 제일 좋다는 말을 들은 날이면 그냥 하는 말이겠지 하면서도 어린 시절처럼 종일 그 말을 만지작거렸다. 내 기사가 포털 사이트 메인에 올라가는 일은 짜릿했다. 나는 10분마다 내 기사를 열어보고 댓글이 몇 개나 달렸는지, '좋아요'는 몇 개나 되는지 확인했다. 악플에는 '기사를 제대로 읽기는 했냐'는 반박 댓글을 달았다. 동시에 데스크가 한참 말이 없거나 푹 한숨을 쉴 때면 혹시 내 기사 때문인가 싶어 심장이 두근거렸다. 원인은 모르겠지만 이게 우울증 진단 전의 내 상황이다.

우울증 환자의 스테레오 타입이 있다. 사람들은 그 틀에 넣어서 생각하기를 좋아한다. 쉽기 때문이다. 스테레오 타입에서 벗어나면 의심을 받기도 한다. 나도 내 우울증을 받아들이기 어려웠다. 크게 부족함 없이 생활하고 있고 어렸을 때 사랑도 많이 받고 자랐는데 내가 왜? 그런데 그게 그렇지 않다. 원인이 곧 결과로 이어지는 것은 아니며 아예 원인이 없는 결과도 있다.

엄마는 내 우울증의 원인을 자신에게 돌린다. 더 많이 사랑을 표현하지 않아서라는 것이다. 하지만 그렇지 않다. 우울증을 일으킨 다양한 원인 중 하나가 눈치력 만렙인 내 성격이고 이 성격을 만든 요소 중 하나가 엄마라는 사실을 발견했을 뿐이다. 정확히 말하면 엄마가 아니라 '다른 세계로의 이동'이다. 즉 외갓집의 세계에서 부모집의 세계로 넘어간 것이 내 성격의 형성 요소다. 엄마의 칭찬이 있었다면 나는 눈치 보는 인간이 아닌 대범한 인간이 됐을까? 그 대범함 덕분에 우울증에 걸리지 않았을까? 장담할 수 없다. 아마도 우울증의 원인으로 다른 걸 꼽고 있지 않았을까.

불안할 때는 잠시 멈추기

심리치료에서 얻은 것 ②

우울증 진단을 받으면서 내가 불안장애도 가지고 있다는 걸 알게 됐다. 불안장애는 비정상적인 불안과 공포로 인해 일상생활이 어려워지는 정신 질환을 이른다. 공황장애, 사회불안장애, 분리불안장애, 범불안장애 등이 여기 속한다. 나는 범불안장애다. 별것 아닌 일을 걱정하며 불안해하고 이런 불안 중 일부가 지속되면서 불안이 심해지는 것이 특징이다.

불안과 걱정은 보편적인 감정이다. 미래를 생각하면 누구나 불안해한다. 일이 언제, 어떤 방식으로 벌어질지 모르기 때문이다. 적당한 수준의 걱정과 불안은 우리가 일을 제대로 처리할 수 있게 도와주기도 한다. 다만 우울증이나 불안장애가 있는 사람은 그 이상으로 걱정하고 불안해한다. 나아가 그래서 하지 않아도 될 생각에까지 이르고 걱정과 불안은 더 커진다. 악순환이다.

실제 나는 별것 아닌 일에 늘 마음을 졸였고 이는 이상 행동으로 이어졌다. 한때 나는 집을 나서기 전에 미친 듯이 가방을 뒤적거렸다. 모든 물건이 잘 들어 있나 확인하기 위해서다. 여기까지는 괜찮다. 누구나 그러니까. 문제는 이미 몇 차례 확인한 뒤에도 계속 현관에서 가방을 뒤적이는 것이다. 분명히 30초 전에 물건이 모두 있는 것을 확인했는데도 초조한 마음이 가라앉지 않아서 쉽사리 현관을 나서지 못했다.

겪어보지 않은 일을 마주할 때 불안은 극에 달했다. 은행에서 전세자금 대출을 받았을 때의 일이다. 나는 대출을 받은 직후에 휴직을 신청할 참이었다. 그런데 어느 날, '은행이 내 휴직 계획을 알면 어쩌지?'라는 생각이 들었다. 대출이 안 되면 계약금이 날아갈 텐데, 설마 은행이 회사에 전화를 하는 건 아니겠지? 나는 동생들에게 내 휴직 계획을 누구에게도 말하지 말라고 당부했다. 소문이 퍼질까 무서웠다.

돌아보면 망상에 가까웠는데 당시에는 그런 생각이 이상하다는 생각을 못했다. 실제 극도의 불안은 망상으로 이어지기도 한다. 망상이라고 하면 심각하게 들리지만 그 뜻을 들여다보면 그렇지 않다. 망상의 사전적 의미는 '논리적 불합리나 모순된 증거에도 불구하고 잘못된 믿음이나 지각이 지속되는 상태'다. 나의 휴직 계획을 은행이 알 리 만무한데도 나는 한 달 가까이 이 걱정에 시달렸다.

이처럼 나는 불안에 잡혀 사는 사람이었다. 불안을 다루는 방법은 물론 불안을 다룰 수 있다는 사실조차 몰랐다. 당연히 상담에서 '~할까 봐 무서워요', '~할까 봐 걱정돼요', '~하면 어쩌죠?'라는 말을 많이 했다. 상담을 하며 걱정과 불안 보따리를 줄줄이 풀어놓자 선생님은 불안도 다룰 수 있다며 '잠시 멈추기'를 제안했다. 불안한 생각이나 불안을 유발하는 행위를 '잠시' 멈추는 것이다.

일단 현관에서 가방을 뒤적일 때 잠시 멈춰보기로 했다.

1. 가방에 물건이 모두 들어 있는 것을 천천히 확인하고 현관으로 간다.
2. 현관에서는 가방을 뒤적이는 대신 30초를 기다린다.
3. 초조한 마음에 30초가 어렵다면 10초도 괜찮다.
4. 10초, 30초가 지난 뒤에도 불안이 가시지 않는다면 마지막으로 가방을 한 번만 더 확인하고 집을 나선다.

처음에는 다시 가방을 뒤적거리고 싶어 손이 근질근질했다. 혹시 뭔가 빠뜨렸다면 빨리 확인하고 챙겨야 했다. 현관문에 눈을 감고 기대어 서서 빠르게 30까지 셌다. 플라시보 효과인지 모르겠지만 불안이 살짝 낮아진 것 같았다. 이미 확인한 대로 가방에는 모든 물건이 잘 담겨 있었다. 안심이 됐다. 일주일 정도 지났을 때, 나는 현관에서 더 이상 서성이지 않고 집을 나서게 됐다.

불안한 감정이나 생각이 들 때도 마찬가지다. 애인과 헤어진 지 일주일이 됐을 때, 불현듯 누군가 한 말이 생각났다. "걔는 다른 여자 만나는 데 일주일도 안 걸릴 거야." 심장이 두

근거렸고 어느새 나는 지웠던 전 애인의 번호를 다시 등록해 그의 카카오톡 프로필을 확인하고 있었다. 그리고 별것 없는 사진을 확대하며 무언가를 찾아 헤맸다.

그렇게 한참 사진을 들여다보다 '잠시 멈추자'라는 생각이 들었다. 나는 휴대전화를 내려놓고 크게 숨을 쉬었다. 5분도 지나지 않아 심장 박동이 제자리로 돌아왔다. 불안이 잦아든 것이다. 멈추지 않았다면 온갖 SNS를 찾아 헤매고 상대에게 전화를 걸어 정말 벌써 다른 사람을 만나느냐고 묻는 등 불안이 시키는 대로 행동했을 것이다. 그리고 그런 행동을 했다는 사실 때문에 우울해했겠지. 불안할 때 내리는 결정은 좋지 않을 때가 많다.

잠시 멈추기를 하는 방식은 사람마다 다양하다. 나는 보통 숫자를 세면서 생각을 잠시 멈춘다. 숫자를 세다가 생각이 계속 다른 데로 빠지는 경우가 있는데, 그럴 땐 내 몸의 감각을 느끼려고 한다. 상담에서 배운 방식이다. 걸을 때 땅에 닿는 발바닥의 감각에 집중하거나 꼼지락거리는 손가락이나 발가락에 집중하는 식이다. 천천히 눈을 깜박거리기도 한다.

한 친구는 불안할 때면, 늘 손목에 차고 있는 고무줄을 당겼다 놓는다. 고무줄이 손목을 세게 때리는 감각에 집중하면서 불안한 생각을 멈추는 것이다. 담배를 피우며 호흡을 고르는 사람도 있고 불안한 생각을 휴대전화에 적은 다음 잊는 사람도 있다. 여기서 중요한 건 언제 어디서든 쉽게 할 수 있어야 한다는 점이다. 이렇게 불안을 다루는 자기만의 방법이 있으면 생활이 조금은 편해진다.

잠시 멈추기를 하면서 모든 감정이 일시적이라는 걸 배웠다. 뇌에 얼마나 강한 자극을 주느냐의 차이는 있지만 영원한 감정은 없다. 아무리 슬퍼도 울음이 멈추는 순간은 찾아온다. 화가 나 언성을 높이고 나면 얼마 지나지 않아 후회가 밀려온다. 기쁜 감정은 허무할 만큼 금세 사그라진다. 시간과 노력이 좀 더 필요할 뿐이지 불안과 걱정도 다를 바 없다.

그리고 우리가 상상하고 걱정하는 만큼의 일은 일어나지 않는다. 내가 그렇게 걱정했던 은행 대출과 관련해 아무런 문제도 일어나지 않았다. 다른 일들도 마찬가지다. 그러니 혹시 걱정하는 무언가가 있다면 '그런 일까지는 일어나지 않을 거야'라고 생각하고 불안의 순간들을 넘겼으면 좋겠다. 이 또한 지나갈 것이다.

Tip 5

심리상담사는 어떤 도움을 줄 수 있을까?

환자 혹은 내담자 입장에서 정신과 의사와 심리상담사의 가장 큰 차이는 추구하는 방향이다.

정도의 차이는 있지만 의사는 주로 '증상'에 집중한다. 잠은 잘 자는지, 먹는 건 어떤지, 어떤 일을 겪었을 때 어떻게 느꼈는지, 복용하는 약과 관련해 불편한 점은 없는지 등이다. 이에 따라 약 복용량이나 약 종류가 바뀐다. 정신과는 말 그대로 병을 치료하기 위한 곳이다.

심리상담사는 나라는 인간 자체에 더 집중한다. 왜 그렇게 느꼈는지, 과거에 비슷한 상황을 겪었는지, 앞으로 비슷한 일이 생겼을 때는 어떻게 대처하고 싶은지 등이다. 이 과정에서 자연스럽게 내가 평소에 하는 생각, 이 생각이 만들어진 과거의 경험들, 추구하는 삶의 방향 등을 말하게 된다. 상담을 하다 보면 미처 생각하지 못했던 별별 이야기가 다 나온다.

이런 차이는 초진(정신과 의사)과 첫 상담(심리상담사)에서 확연하게 드러난다. 초진에서는 병명을 진단받고, 첫 상담에서는 상담 목표와 상담 횟수를 내담자와 상담사가 같이 정한다.

추구하는 방향에 차이가 있다 보니 상담 시간이나 환자·내담자와의 관계 설정도 다르다. 정신과는 초진을 제외하고는 상담 시간이 길지 않다. 초진은 보통 30분에서 한 시간 정도 진행되고 이후는 병원마다 다르다. 나는 지금 다니는 병원을 제외하고는 모두 5분에서 10분 사이로 상담을 진행했다. 지금은 15분에서 20분 정도 의사를 만난다.

심리 상담은 기본이 40분에서 50분이다. 처음에는 50분이 길게 느껴지지만 상담을 하다 보면 결코 긴 시간이 아니라는 걸 알 수 있다. 그리고 이를 어떻게 활용하느냐에 따라 상담의 질이 달라진다. 나는 상담에 어느 정도 익숙해진 뒤에는 전문가의 도움이 필요하거나 상담 선생님 외에 다른 사람에게는 말할 수 없는 내밀한 이야기를 우선순위에 두었다.

이 과정에서 내담자와 상담사는 친밀한 관계를 형성한다. 의사와도 친밀한 관계를 형성할 수 있지만 관계의 결이 다르다. 환자와 의사 사이에는 약물이나 증상과 관련한 정보의 비대칭성이 존재하고 이에 따라 의사가 권위와 주도권을 가질 수밖에 없다. 상담은 '같이 한다'는 느낌에 더 가깝다.

이렇게만 놓고 보면 상담이 더 편안하고 부담 없다고 생각할 수도 있다. 하지만 본인이 겪는 어려움에 따라 필요한 것이 다르다. 환청이 들리거나 망상이 있는 경우 상담보다는 병원이 효과적이다. 수면장애나 식이장애처럼 신체적인 증상을 겪을 때도 상담보다는 약물 치료가 효과적이다. 따라서 신체적인 증상이 어느 정도 완화됐을 때 상담을 시작하는 게 좋다.

심리 상담의 가장 큰 걸림돌은 비용이 아닐까 싶다. 상담 비용은 1회 6만 원에서 15만 원 정도가 보편적이다. 적은 금액이 아니다. 하지만 전문가들은 너무 저렴한 상담 역시 주의해야 한다고 지적한다. 상담비는 분명 부담되는 부분이지만 내담자에게 동기와 책임감을 부여하는 역할도 하기 때문이다. 나 역시 상담비가 아까워 1분도 허투루 쓰지 않으려 했다.

상담이 절실한데 비용 때문에 망설이고 있다면 일단 다양한 상담 센터에 전화해보길 바란다. 특히 가정폭력, 학교폭력, 성폭력, 직장 내 괴롭힘, 군대 내 가혹행위, 혐오범죄, 자살 사고 등과 관련해서는 상담 비용을 일정 부분 지원받을 수 있는 시민단체 혹은 정부 기관을 상담 센터에서 알려주기도 한다.

가치가 0인 일은 없다

심리치료에서 얻은 것 ③

"기분이 어때요?"

"아까보다는 나아요. 사회에 해악까지는 아닌 거 같아요."

"지금도 일을 그만두고 싶나요?"

"네. 그래도 일은 관둬야 할 거 같아요."

"이유가 뭘까요?"

"제 생각만큼 일을 못하진 않는데 일을 잘하는 것도 아니어서요."

"그러면 일을 못하는 사람은 모두 회사를 그만둬야 할까요?"

"……."

나는 칭찬을 좋아한다. 칭찬을 들으면 그 말이 진심인지 의심하지만 칭찬을 안 듣는 것보다는 낫다. 우울증 초기, 부서가 바뀌면서 칭찬받는 횟수가 확 줄었다. 아무도 내 기사를 읽지 않는 것 같아 시무룩해졌다. 하루하루가 나의 무능을 확인하는 시간들이었다. 괴로웠다. 그래서 일을 관두기로 결심했다.

상담에서도 업무 이야기를 자주 했다. 그러자 선생님은 내게 이런 감정과 생각을 가져다준 전제가 틀릴 수 있다고 말했다. '사실'을 보자고 했다. 선생님과 함께 몇 달 동안 쓴 기사를 하나하나 열어봤다. 정말로 1의 가치도 없는가? 그렇지 않았다. 잘 쓰지 못한 기사여도 가치가 하나도 없는 기사는 없었다. 아무도 읽지 않는다는 전제도 틀렸다. 조회수가 0인 기사는 없었다.

사람마다 익숙한 감정이 있다. 선생님은 이를 '핵심 감정'이라고 표현했다. 당시 나는 무기력, 우울, 자책 등의 감정에 익숙했다. 핵심 감정은 상황을 해석하는 데 영향을 미친다. 어떤 일이 발생했을 때 우리는 객관적으로 상황을 본 다음에 감정을 느낀다고 생각하지만 실제로는 핵심 감정이 먼저 튀어나와 상황을 해석하기도 한다.

우울증을 비롯한 정신 질환을 치료하는 방식 중 하나인 인지행동치료는 바로 여기서 시작한다. 감정이 생각에 영향을 주듯 그 반대도 가능하다는 것이다. 인지행동치료에 따르면 생각을 바꾸면 감정도 바뀔 수 있다. 생각을 바꾸기 위해서는 내가 처한 상황이 사실인지 아닌지부터 확인해야 한다. 해악이라고 생각했던 내 기사를 하나하나 확인한 작업이 그 사례다. 머리를 한 대 맞은 것 같았다. 대체 이걸 생각한 사람은 누굴까? 나는 감탄사를 연발했다.

선생님은 생각을 바꾸기 위해서는 몇 가지를 살펴봐야 한다고 했다.

1. 벌어진 상황이 사실인가, 아닌가?
2. 내가 그 상황에 느끼는 감정은 무엇인가?
3. 그 감정이 상황에 적절한 감정인가? 아닌가?

4. 적절하지 않은 감정이라면, 나는 이 상황을 어떻게 받아들이고 싶은가?

내가 그동안 자연스럽게 해왔던 감정 인지, 상황 판단, 생각과는 다른 순서였다. 이걸 잘하게 되면 내 삶이 조금 편해질 것 같았다. 열심히 해보고 싶었다.

선생님과 내가 정한 과제는 내 업무, 그리고 관계에 대한 감정과 생각을 바꾸는 것이었다. 우울증에 걸린 이후, 나는 사람들의 연락이 무서웠다. 오히려 업무 연락은 편했다. 내가 할 일이 명확하고 굳이 상대에게 관심을 갖지 않아도 된다. 하지만 안부를 묻거나 만나자는 등의 친밀한 연락을 받으면 가슴이 빠르게 뛰었다.

나는 선생님에게 이를 두려움, 불쾌함, 무서움 등의 감정이라고 표현했다. 내가 말을 하면서도 이상했다. 나는 사람들과 잘 어울리는 편이고 심지어 친화력이 좋다는 이야기도 많이 듣기 때문이다.

"안부 연락이 '실제로' 하늬 씨를 위협하나요?"

"아니요. 그렇지는 않아요. 그런데 사람들이 만나자고 하는 게 싫고 기분이 나빠요."

"만나자고 하면 기분이 좋을 수도 있을 거 같은데요. 사람들이 왜 하늬 씨에게 만나자고 하는 걸까요?"

"음, 만날 사람이 없어서요."

"그래요? 그러면 왜 그 중에 하늬 씨일까요?"

"제가 잘 웃고 불편한 상황을 안 만들거든요. 그러니까 제가 만만한 거죠."

"하늬 씨는 어때요? 만만하다는 이유만으로 누군가를 만나고 싶나요?"

"음……. 아니요……."

대답을 하는데 울음과 웃음이 동시에 터져 나왔다. 그렇게 생각했다는 사실이 우스웠고 동시에 나 자신을 그렇게밖에 대하지 못해 미안했다. 선생님은 다시 한 번 사실을 확인해 보자고 했다. 정말 사람들이 내게 연락하는 이유는 단지 내가 만만해서일까? 그럴 리 없다. 그러면 무서움, 두려움, 불쾌함 같은 감정도 가질 필요가 없었다. 나는 감정에 압도돼서 상황을 제대로 보지 못했던 것이다.

선생님은 너무 깊게 생각하지 말고 가벼운 마음으로 친구들을 만나보라고 했다. 그리고 그 상황에서 내 상태를 살피라고 했다. 인지행동치료는 인지치료와 행동치료로 크게 나뉘는데 그동안 우리가 상담실에서 나눴던 대화는 인지치료에 속하고, 친구를 만나는 일은 행동치료에 속한다. 인지치료는 부정적인 감정을 유발하는 잘못된 생각을 바로 잡는 것이고, 행동치료는 내가 두려워하는 행위에 나를 노출하는 것이다.

당연하게도, 친구와의 만남은 전혀 나를 위협하지 않았다. 중간 중간 나는 따뜻함과 안전함까지 느꼈다. 이후 나는 누군가 만나기 두려울 때면 그때의 감정을 기억하려 했다. "나는 안전하다. 나는 안전하다." 그러면 비상약을 먹지 않아도 불안이나 걱정, 두려움 등이 조금 가시곤 했다. 약물과 더불어 심리치료가 필요한 이유가 여기에 있다고 나는 생각한다.

물론 사람은 잘 안 변하기 때문에 인지행동치료를 몇 번 했다고 해서 세상을 완전히 다르게 해석하진 않는다. 여전히 내가 쓰는 기사 대부분이 만족스럽지 않다. 더 잘할 걸 하는 후회와 이것밖에 하지 못했다는 자책이 대부분이다. 하지만 0점을 주지는 않는다. 어떤 방향으로든 1의 가치는 있다는 걸 안다. 심지어 못 쓴 기사는 '이렇게 쓰지 말아야지'의 본보기가 될 수 있다. 만나자는 연락도 부담스럽지만 이전보다는 나아졌다. 내가 만만해서가 아니라 그 외의 이유가 있다는 것을 알게 되었다. 내가 알지 못하는 세세한 이유에 대해서는 생각하지 않고 그냥 '나를 좋아하는구나'라고 생각한다. 그러면 왠지 어깨가 으쓱해지고 나를 생각해준 상대에게 고맙다는 마음이 든다. 그거면 됐다.

Tip 6

어떤 심리치료가 있을까?

"똥을 계속 퍼내보는 방법이 있어요. 저 밑에 뭐가 있는지 끝까지 퍼내는 거죠. 이게 정신분석치료에요. 인지행동치료는 똥을 퍼내지는 않고 일단 뚜껑을 덮는 거예요. 이것도 저것도 안 되면 그냥 똥을 옆에 두고 신경을 꺼요. 이게 마음챙김이죠."

윤철호 복지사는 다양한 심리치료 방법에 대해 이렇게 표현했다. 여기서 똥은 문제 행동이나 감정, 생각이다. 그의 말처럼 심리치료에는 다양한 층위가 있다.

1. 정신분석치료

가장 깊게 들어가는 치료 방법은 정신분석치료다. 다른 심리치료에 비해 내담자와 상담사가 만나는 시간의 양과 질이 압도적이기 때문이다. 정신분석치료는 회당 50분에 이르는 상담을 일주일에 4회에서 5회 정도 진행하며 전체 치료 기간은 3년 이상이다. 이때 상담자는 상당 기간(학회마다 인정 기준이 다르다)의 임상 경험과 정신분석치료 관련 자격을 별도로 가진 정신과전문의다.

정신분석치료의 또 다른 특징은 자유롭게 말하기다. 내담자는 느끼는 감정, 떠오르는 생각과 이미지, 과거의 일, 미래에 대해 가지는 소망 등을 마구잡이로 표현해야 한다. 전문가들은 이를 잘하게 되면 내부의 갈등, 무의식의 내용, 정리되지 않았던 생각과 감정을 말로 표현할 수 있다고 말한다.

여기서 사용되는 장치가 심리치료를 생각하면 가장 먼저 떠오르는 장면, 바로 소파다. 정신분석치료는 내담자가 소파에 반 정도 누운 상태에서 진행되는데 ① 내담자와 상담사 사이의 상호작용보다는 내담자의 무의식을 더 끌어올리기 위해서, ② 얼굴을 마주할 때 내담자가 상담사의 칭찬이나 승인을 받으려는 행위를 차단하기 위해서다.

정신분석치료는 깊게 들어가는 만큼 그 시간과 비용이 만만치 않다는 점에서 선뜻 시작하기가 어렵다. 정신분석치료의 1회 비용은 보통 20만 원 선으로 알려져 있다.

2. 인지행동치료

인지행동치료는 많이 알려진 심리치료 방법이다. 문제 상황이나 감정에 대한 생각을 바꿔 행동 변화까지 이어지도록 한다. 우리는 보통 사건 A를 겪으면 그에 대한 반응 C의 원인으로 A를 지목한다. 인지행동치료에서는 C의 원인이 사건 자체가 아니라 사건에 대한 생각이나 믿음인 B일 수 있다고 본다. 그래서 B를 바꾸면 그에 대한 반응 C도 바뀔 수 있다는 것이다.

내가 우울이라는 감정에 빠지는 이유 중 하나는 내가 하는 일이 가치 없다는 생각에서다. 인지행동치료를 받지 않았다면 나는 우울한 감정(C)을 해결하기 위해 일을 더 잘하기(A)를 생각했을 것이다. 하지만 인지행동치료를 통해 가치가 없다는 생각 혹은 믿음(B)이 문제일 수도 있다는 걸 배웠다.

인지행동치료는 공황장애·사회공포증 치료에 많이 사용되는데 상황에 잘 대처하기 위해서다. 버스에서 공황을 겪은 사람이 있다고 생각해보자. 몇 번 비슷한 일을 겪으면 버스 타기가 꺼려질 것이다. 버스만 봐도 심장이 두근거릴지 모른다. 평생 버스를 안 탈 수 있으면 모르겠지만 그렇지 않을 경우 행동치료가 필요하다. 예를 들어 오히려 이때 버스를 계속 타게 해 버스가 괜찮다는 점을 인지시키는 것이다.

공포증과 관련해서도 비슷하다. 내 경우, 동료와 문제가 발생한 뒤 회사라는 공간이 너무 무서웠다. 사무실은 말할 것도 없고 내가 탄 지하철이 회사가 있는 정거장만 지나가도 심장이 빠르게 뛰고 어깨와 이에 힘이 들어갔으며 손에 땀이 났다. 마침 그 시간에, 그가 같은 열차 칸에 타면 어쩌지 하는 불안감 때문이다. 그래서 그 역을 지나지 않기 위해 더 먼 경로로 다니곤 했다.

가까이 지내는 정신과전문의에게 이런 고민을 털어놓자 무리하지 않는 선에서 익숙해지는 방법을 권했다. 회사 앞 지하철역 지나기, 개찰구까지 가보기, 회사 건물 앞까지 가보기 등이다. 회사라는 공간(A)이 아니라 마주치면 어쩌지 하는 생각(B)이 불안감(C)을 유발했다는 걸 스스로 알게 하기 위해서다. 그 결과 지난 7개월 동안 나는 그를 사무실에서 딱 한 번 마주쳤을 뿐이고, 더 이상 회사 앞 지하철역이 무섭지 않다.

3. 마음챙김

마음챙김은 단어에서 알 수 있듯이 명상법의 하나인데 다양한 치료에서 활용되고 있다. 이는 불교의 수행법인 '위파사나'에 뿌리를 두고 있다. 위파사나는 '알아차린다'는 의미다. 종교적인 색채가 있는 건 아니고 1970년대에서 1980년대 사이 서구에서 유행하기 시작해 현재는 한국에서도 많은 정신과와 심리 상담소가 이를 활용하고 있다.

마음챙김의 키워드는 알아차림, 관찰하기, 판단하지 않기, 비난하지 않기, 수용하기 등이다. 지금 자신이 느끼는 감정이나 생각, 신체 증상, 상황을 알아차린 다음 주의를 기울인다. 이때 느끼는 감정이나 생각에 대해서는 좋고 나쁨을 판단하지 않는다. 그냥 내가 지금 이런 감정이구나, 이런 생각이 드는구나 하고 수용한다.

하루 종일 누워 있었다고 가정해보자. 하루를 허비했다는 판단에 스스로를 비난하고 자책하고 한심해하기 쉽다. 마음챙김에서는 이런 판단 없이 상황을 본 다음, 뭘 하고 싶은지를 질문하고 여전히 누워 있고 싶다면 그 상황을 수용하라고 한다. 판단하거나 비난하지 않는 것만으로도 정신 건강에 도움이 되기 때문이다. 이 과정을 거치고 나면 우울이든 불안이든 문제 감정이 조금 줄어든다.

심리치료가 필요한 이유는 약물로는 생각의 회로나 문제 상황에 대한 대응 방식이 바뀌지 않기 때문이다. 우울에는 여러 측면이 있는데 무기력, 좌절, 슬픔 등을 느끼는 '감정의 우울'에는 약물이 효과적이다. 하지만 부정적인 회로가 발달한 '생각의 우울'은 약물로 쉽게 바뀌지 않는다. 자해나 폭식, 과수면 등 '행동의 우울'도 마찬가지다.

윤철호 복지사는 "우울증 요인이 주변에 쫙 깔려있는데 '약만 먹으면 좋아지겠지'라고 생각해서는 안 된다. 불안·우울을 유발하는 요인을 찾아서 방어하는 연습이 필요하다"며 "다양한 시도를 해보고 내게 맞는 방식을 찾아야 한다. 이전에 하던 방식만 사용하면 다시 우울에 빠질 수밖에 없다. 순환 고리를 끊어야 한다"고 말했다.

심리치료를 종결하던 날

'수다 떠는 비용으로 8만 원이라니!'라고 생각했던 심리치료는 10회 정도 지나자 일상의 한 부분으로 자리 잡았다. 매번 '이건 어쩌지?', '저건 어쩌지?', '내가 이상한가?' 하는 초조한 상태로 상담을 시작했는데, 50분 상담이 끝나면 마음이 차분해졌다. 상담에서 배운 내용을 혼자서 잘 연습해야겠다는 의지도 생겼다. 상담 센터를 갈 때의 마음과 나올 때의 기분은 정말 달랐다. 센터가 자리하고 있는 골목을 나올 때마다 햇빛이 좋다고 생각했다.

상담이 일상으로 들어왔다는 건 내가 상담에 그만큼 의지하고 있다는 의미이기도 했다. 갑자기 지하철에서 숨이 쉬어지지 않거나 우울감이 심해져 사라지고 싶은 생각이 들 때면 센터에 전화를 걸어 급하게 상담을 잡았다. 내가 너무 나약한가 싶기도 했지만 선생님은 내게 자신을 비난하기보다는 스스로를 보호하려는 조치 정도로 생각하면 좋겠다고 말했다.

그렇게 2년 동안 심리치료를 받았다. 2년이라고 하면 긴 것 같지만 실제로는 그렇게 느껴지지 않았다. 초반에는 격주에 한 번, 이후에는 3주 혹은 4주에 한 번 정도만 갔기 때문이다. 약물 치료와 심리치료를 병행하면서 우울감이 덜해졌고 또 상담에 쓸 시간과 돈이 충분치 않아서이기도 했다. 이런 측면에서 상담은 참 공평하지 않다. 자신을 알아가는 일도 시간과 돈이 없으면 못한다. 우리는 '자신을 가장 잘 아는 사람은 바로 나 자신'이라고 말하곤 하는데 말이다.

그날은 다른 날과 다름이 없었다. 나는 상담 시간에 정말 딱 맞춰갔거나 아니면 전화를 걸어 5분에서 10분 정도 늦는다고 말했을 것이다. 평소에는 마시지 않지만 상담만 가면 마시는 믹스 커피를 탄 다음 상담실 문을 두드렸다. 작은 테이블을 두고 선생님과 마주 앉았고 나는 소파에 놓여 있는 쿠션을 만지작거리거나 끌어안고 최근의 상황을 이야기했다. 상담이 끝날 즈음 선생님이 조심스럽게 꺼낸 말만 달랐다.

"하늬 씨, 혹시 상담을 종료하는 것에 대해서도 생각해봤나요?"

예상하지 못했던 일이었다. 다른 말보다 왜냐는 물음이 먼저 튀어나왔다. 그때 내가 어떤 표정을 지었는지 모르겠다. 선생님은 새롭게 시작한 '자존감 높이기' 10회 상담 중 2회가 남았다고 말했다. 우리는 '우울감 줄이기' 상담을 끝내고 자존감 높이기를 새로운 목표로 정했다. 왜냐는 나의 질문에 그는 상담의 목표는 영원한 상담이 아니라, 상담 없이도 잘 지낼 수 있는 것이라고 답했다. 맞는 말이었다. 좋은 말이기도 했다.

하지만 마음 한편에서는 의심과 불안이 올라왔다. 공짜도 아니고 돈을 내는데도 그만하자고? 나와 상담하는 시간은 그만한 가치도 없는 건가? 나 같은 사람에게 시간을 쓸 바에 다른 사람을 상담하는 편이 낫다고 생각한 걸까? 선생님은 나를 포기한 걸까? 혹시 내가 뭔가 잘못한 건 아닐까? 짧은 시간에 수많은 생각이 파바박 연쇄적으로 일어났다.

내 생각이 틀렸다는 걸 알았다. 하지만 이미 든 생각은 어쩔 수 없었다. 떨쳐내려 해도 떨쳐지지 않았다. 떨쳐내려는 시도 때문에 오히려 그 생각을 더 많이 하는 경우도 있으니까. 평소에 선생님은 이런 생각을 물에 떠 있는 오리 인형에 비유했다. 억지로 오리 인형을 누른다고 물 아래로 가라앉지 않는다. 눌렀던 힘을 받아서 오히려 더 세게 물 위로 튀어 오른다. 용기를 내서 선생님에게 내 생각들을 말했다.

"좀 웃긴 생각이긴 한데요. 상담 종료 이야기를 듣는 순간, 선생님이 저랑 상담하는 시간을 가치 없다고 생각하시나? 그런 생각이 들었어요."

틀린 생각임을 알았기에 민망했다. 동시에 민망할 것을 알면서도 말을 꺼낸 스스로가 대견했다. 이게 상담의 힘인가 싶었다. 부끄러운 것을 알면서도 더 악화되지 않기 위해 오리 인형을 억지로 물속으로 누르지 않는 것. 지금 내 욕조에 이런 오리 인형이 떠다닌다고 말하는 것. 그리고 결론적으로 내 생각들을 말하길 잘했다.

상담을 종료하자는 제안을 들은 내담자 상당수가 나와 비슷한 반응을 보인다고 한다. 나처럼 생각하는 사람이 많다는 이야기를 들으니 마음이 편해졌다. 다시 생각해보니 그럴만도 했다. 상담 선생님은 나의 감정과 신체의 변화를 가장 잘 아는 사람이다. 심지어 실질적인 도움을 줄 수 있는 전문가다. 그런 사람을 더 이상 혹은 당분간 볼 수 없다는 것은 담담하게 받아들이기 어려운 변화다.

나는 고민해보겠다고 답했다. 그리고 며칠 뒤 상담 종료를 결정했다. 이제 지하철에서 숨이 안 쉬어질 때 편하게 도움을 요청할 수 있는 곳이 사라지는구나. 무서웠다. 하지만 '상담의 목표는 영원한 상담이 아니다'라는 말이 머리에 맴돌았다. 종료를 결정하고 나니 두 번 남은 상담이 매우 소중하게 느껴졌다. 그동안 배운 것을 잘 갈무리하고 싶었다. 무엇보다 선생님과의 관계를 잘 마무리하고 싶었다.

2년 동안 상담을 받으면서 한 번도 선생님이나 센터에 무언가를 선물한 적이 없었다. 나는 주변 사람들에게 선물을 즐겨하는데 선생님께는 그런 마음을 꾹 눌렀다. 내가 무언가를 주는 행위로 인해 혹시나 선생님이 부담을 느낄까 봐 걱정됐다. 그리고 그 부담 때문에 다른 내담자보다 나에게 잘해주면 어쩌지 하는 걱정도 했다. 선생님이 그럴 사람이 아니라는 건 알지만 왠지 게임의 룰을 어기는 것 같았다.

마지막 상담은 빈손으로 가고 싶지 않았다. 받는 사람 입장에서 부담되지 않으면서도 없어 보이지 않는 선물을 고민했다. 센터에 있는 다른 분들과 나눌 수 있는 것이면 좋겠다는 생각에 마카롱을 샀다. 상담 마지막 날, 센터에 10분 정도 일찍 도착했다. 마카롱이 든 상자를 냉장고에 넣었다. 머그컵에 믹스 커피를 탔고 시간에 맞춰 상담실 문을 두드렸다.

그날 무슨 말을 했는지 잘 기억나지 않는다. 평소 상담을 하면서 잘 울었지만 그날은 눈물을 참으려고 부단히 노력했다. 한번 울기 시작하면 선생님과 헤어질 때 통곡할 것 같았다. 냉장고에 마카롱을 넣어뒀다는 말을 어떻게 할지 생각했다. 선생님은 혹시나 많이 힘들면 상담을 재개할 수 있으니 너무 걱정하지 말라고 했다. 내가 잘 지내는지 확인하기 위해 한 달 뒤에 전화하겠다고도 했다. 조금 마음이 놓였다.

"그동안 고생하셨어요."

우리는 서로에게 인사를 건넸다. 선생님이 손을 내밀었다. 나는 선생님의 손을 잡았다. 자연스럽게 한다고 했지만 쭈뼛거렸을 것이다. 그리고 상담실을 나오면서 최대한 건조한 목소리로 냉장고에 마카롱을 넣어뒀다고 말했다. 제발 그러지 않기를 바랐지만 선생님은 상담실 밖으로 나와 나를 배웅했다. 나는 현관에서 신발을 신으면서도 세상 쿨한 표정을 지었다. 현관을 나서자마자 눈물이 쏟아졌다.

센터에서 지하철역까지 걸어가는 내내 눈물이 멈추지 않았다. 그야말로 엉엉 울었다. 지나가는 사람들이 쳐다보는 것 따위 신경 쓰지 않았다. 목적이 분명한 만남이긴 했지만 이렇게 끝났다는 게 믿기지 않았다. 하지만 신기하게도 그 울음에 부정적인 감정은 전혀 없었다. 군더더기 없는 슬픔과 고마움에서 나오는 울음이었다.

기대는 마음은 삶을 지탱해주는 버팀목이다. 어떤 시기에는 버팀목이 네 개나 되고 어떤 시기는 두 개밖에 안 남기도 한다. 있던 버팀목이 사라지는 것은 힘든 일이다. 선생님은,

상담 종료는 네 발 의자에서 세 발 의자로 옮겨가는 일이라고 말했다. 처음에는 흔들리겠지만 결국은 세 발로 잘 버틸 것이라고 나를 다독였다. 상담이 끝난 지 한참이 지났고 나는 세 발 의자로도 잘 지내고 있다. 힘들었던 한때, 나의 버팀목 중 하나가 되어 준 선생님께 고마움을 전한다.

Tip 7

어떤 치료자를 만나고 있나요?

#1. ㄱ 씨가 심리상담소를 찾은 건 2018년 2월이다. 순조롭게 흘러 간다고 생각했던 상담이 어느 순간 이상해지기 시작했다. 상담사가 "편안한 상담을 위해서는 호텔이 낫다"며 호텔에서 상담을 진행하자고 한 것이다. ㄱ 씨는 상담사가 시키는 대로 호텔을 예약했다. 그리고 호텔에서는 상담을 빙자한 성폭행이 일어났다.

#2. ㄴ 씨는 2003년 심리 상담을 받기 위해 한 대학교수의 연구실을 찾았다. 상담은 4개월가량 진행됐고 이 과정에서 교수는 포옹을 하고 입을 맞추는 등 수차례 ㄴ 씨를 성추행했다. ㄴ 씨 남편이 학교에 교수의 사직을 요구했지만 받아들여지지 않았고 충격을 받은 ㄴ 씨

는 목을 매거나 지하철에 뛰어드는 등 자살을 시도했다.

20세기 초 지그문트 프로이트는 심리치료자와 환자의 에로틱한 관계를 금지하는 원칙을 세웠다. 하지만 경계를 넘는 심리상담사, 정신과 의사에 대한 보도가 잊을만하면 나오는 것이 현실이다. 성적인 경계 위반의 발생률은 정확하게 확인할 수 없으나 남성 치료자의 1~12퍼센트, 여성 치료자의 0~3.1퍼센트에 발생한다는 연구 결과가 있다.

어떤 이들은 멀쩡한 성인이 심리상담사나 의사에게 성폭력을 당했다는 사실을 믿기 어려워한다. 직장도 아닌데 상담을 하다가 이상한 낌새를 느끼면 바로 관둘 수 있지 않느냐는 것이다. 하지만 내담자는 상담사에게 심리적, 정서적으로 의존할 수밖에 없다. 나의 가장 내밀한 부분을 잘 알고 있는 사람이며, 또 내밀한 이야기를 해야 상담 효과가 좋기 때문이다.

그래서 내담자가 상담사에게 '감정 전이'를 갖는 건 문제가 아니다. 감정 전이는 환자가 과거에 중요한 인물에게 품었던 감정을 상담사에게 느끼는 것을 말한다. 그 감정은 성적인 것일 수도 있고 존경일 수도 있고 절대적인 신뢰일 수도 있다. 이때 정상적인 상담사는 감정 전이가 무엇인지를 설명해 내담자를 이해시키고 상담을 진행한다.

문제는 심리상담사나 의사에게 성폭력을 당했을 때 내담자가 받는 타격이다. 미국 캘리포니아 상담협회 임상 및 전문 심리학 부서 회장을 맡았던 재클린 보호우토스 박사의 1983년 연구에 따르면 상담사와 성관계를 맺은 내담자 11퍼센트가 정신병원에 입원해야 할 정도의 정신적 피해를 입었으며 그 중 1퍼센트는 자살했다.

경계해야 할 것은 성적인 관계만이 아니다. 효과적인 상담을 위해서는 모든 일은 상담실 안에서 시작되고 끝나야 한다. 예를 들어 내담자가 검색을 통해 상담사의 개인 SNS를 발견했다고 해보자. 감정 전이를 가진 내담자라면 상담사의 마음에 들기 위해 상담사의 취향이나 성향에 맞는 이야기를 할지도 모른다. 감정 전이가 없더라도 이런 정보는 상담에 도움이 안 된다.

전화나 문자, 이메일, 메신저 등을 통한 연락도 상담실 밖에서 일어나는 것이기에 바람직하지 않다. 이런 것들은 간결하고 불완전하고 일상적이고 급하다는 점에서 상담실에서 이뤄지는 의사소통과는 정반대이기 때문이다.**

상담은 내담자의 이야기를 듣고 문제를 해결하기 위한 것이다. 따라서 상담사가 내담자에게 개인적인 이야기를 하는 것도 좋지 않다. 상담을 돕기 위한 것이라 해도 감정 전이를 가진 내담자라면 상담사의 개인 이야기를 들었을 때 동질감, 연민, 친근감 등의 감정을 가지기 쉽다. 실제 한 정신과 의사는 자신의 환자들에게 "이혼할 것 같다", "나도 정신과 약을 먹는다" 등의 말을 해 환자들이 문제를 제기한 바 있다.

지금 만나고 있는 상담사가 자신의 개인적인 문제를 환자에게 말한다거나 개인 연락처를 알려주며 약 부작용 등 급할 때 연락하라고 했다면 좋은 신호만은 아니다. 내 경우 수차례 병원을 바꿨지만 어떤 의사도 메일을 포함한 개인 연락처를 알려주지 않았다. 상담 선생님도 마찬가지였다. 다만 자살 위험이 너무 높다고 판단될 때는 예외적으로 의사의 연락처를 비상용으로 알려주는 경우가 있다고 한다. 물론 그 전에 입원을 먼저 권유한다.

*, ** 장형윤·임기영, '정신과 의사-환자 성적인 경계기반', 〈신경정신의학〉 제57권 제4호, 2008.

이에 대해 김선희 전문의는 정해진 시간에 정해진 공간에서 상담이 이뤄질 것, 개인적 · 경제적 관계를 갖지 않을 것, 환자에게 상담사 개인의 이야기를 하지 않을 것, 선물을 주고받지 않을 것 등을 기본적인 경계로 꼽았다.

3

우울증이라고 다 똑같은 건 아닙니다

완벽한 무언가가 되어야 했을까?

나의 환우들 ①

현관문 열리는 소리가 났다. 출근한다며 10분 전에 집을 나선 동생이었다. 동생은 편의점에 다녀온 듯했다. 동생의 손에 들린 비닐봉지 안에는 바나나, 컵라면, 빵 등이 들어 있었다. 침대에 누워있던 혜미는 열린 문틈 사이로 동생을 가만히 쳐다봤다. 동생은 울고 있었다. 동생은 현관에 서서 비닐봉지를 집 안으로 내팽개치듯 던지고 다시 나갔다. 그는 동생이 던진 봉지로 다가가 안에 든 바나나를 꺼냈다.

동생은 자주 이렇게 먹을 것들을 사서 집에 던지고 갔다. 처음에는 언니를 걱정하는 마음만 있었을 것이다. 하지만 혜미가 아무것도 하지 않는 날이 한 달이 지나고 반년이 넘어가자 좋은 말이 나오지 않았다. 동생은 자주 울었고 가끔 혜미에게 "차라리 죽어" 하며 소리를 질렀다. 혜미는 "자기 생활도 바쁜데 매일 집에 누워만 있는 사람이 있다고 생각해 봐. 나라도 너무 싫을 거 같아"라고 말했다.

혜미는 우울증으로 2년 동안 사회생활을 하지 않았다. 집에서만 지냈다. 집에서 뭐 했냐는 질문에 그는 "정말 누워 있었어. 하루 종일"이라고 답했다. 당시 혜미는 졸린 느낌을 가장 좋아했다. 졸리면 잘 수 있었고 잠들면 현실을 잊을 수 있었다. 일어나는 시간과 상관없이 늘 낮잠을 청했다. 그래서 커피는 입에도 안 댔다. 일할 때는 커피를 달고 살던 그였다.

"영화 〈김씨표류기〉 봤어? 거기서 여자 주인공이 외출 한 번 하려면 난리를 치잖아. 그거 생각하면 돼. 운동화 끈 매는 데까지 엄청 오래 걸려."

일주일에 두 번 정도 동네 마트에 가는 게 혜미의 유일한 외출이었다. 씻기가 귀찮아 후드티를 뒤집어쓰고 나갔다.

집에 틀어박히기 전 혜미는 욕심 많은 기자였다. 시킨 사람도 없는데 늦게까지 일했고 기사가 마음에 들지 않으면 눈물이 나왔다. 그랬던 그가 언제부턴가 지각하는 날이 늘었다. 몸이 피곤한 건 아니었는데 침대에서 일어날 수가 없었다. 부랴부랴 택시를 타고 회사에 가도 이미 출근 시간을 넘긴 후였다. 일하는 속도가 느려졌고 야근을 해도 기사를 마감하지 못했다.

이런 생활이 한두 달 이어지자 혜미는 회사에 사표를 냈다. 퇴사 이후 상황이 두려웠지만 이전과 다른 자신의 모습을 보는 것이 더 힘들었다. 분명히 무언가 잘못된 것 같은데 이유를 찾을 수 없어 답답했다. 이전과 달리 업무를 제대로 하지 못하는 자신의 존재가 동료들에게 피해를 주는 것 같았다. 사표를 들고 온 혜미에게 상사는 장기 휴가를 주겠다고 했지만 혜미는 거절했다. "그때 이미 우울증 초기였던 거 같아."

몸과 마음에 에너지가 없는 상태에서 예상치 못한 사건이 터졌다. 장기 휴가를 주겠다며 혜미를 잡아두려 했던 상사가 뒤에서는 그에 대해 좋지 않게 말했다는 사실을 전해 들었다. 그것도 채용 평판 조회에서였다. 혜미를 채용하려던 회사는 결국 합격을 취소했다. 그때 혜미가 느낀 배신감은 어떤 단어로도 표현하기 어렵다. 자신을 지지하고 퇴사를 만류하던 상사에 대한 배신감을 넘어 사람이 무서워졌다. 집에만 있었던 이유 중 하나다.

그렇게 2년을 지내자 그동안 모아뒀던 돈이 떨어졌다. 통장 잔액을 확인하고 불안해진 혜미는 여기저기 원서를 넣었다. 서류에서는 합격했지만 매번 면접에서 떨어졌다. 면접에 가지 않았기 때문이다. 면접에 가려고 마음 먹었지만 몸이 움직이지 않았다. 게으르다는 표현은 적절하지 않았다. 의지와 달리 몸이 전혀 움직이지 않는 상황을 마주하자, 그제야 자신에게 문제가 있다고 생각했다. 그때까지도 그게 우울증이라는 건 몰랐다.

그가 딱 한 번 면접에 간 적이 있다. 하지만 그날 혜미는 면접 시간에 한 시간 늦게 도착했다. 한 면접관이 그에게 "취직할 생각이 없는 거 같네요. 어떻게 면접에 한 시간이나 지각합니까"라고 말했다. 또 다른 면접관이 말했다. "사람과 눈을 잘 못 마주치네요?" 면접관의 말은 사실이었다. 2년 동안 사회생활을 하지 않은 그는 사람을 어떻게 쳐다봐야 할지 몰랐다. 면접관들의 말이 더 아프게 다가왔다. 차라리 면접에 가지 말걸. 면접 결과는 불합격. 예상했던 결과지만 타격이 적지 않았다.

혜미가 집 밖을 나오게 된 건 아이러니하게도 '죽겠다' 싶을 정도로 우울증이 심각해져서였다.

"전에는 동생이 출근하기만 기다렸어. 동생 나가면 울려고. 나중에는 동생이 있어도 그냥 눈물이 나더라. 아, 이건 조절이 안 되는구나 싶었어."

이전에는 너무 많이 자서 문제였는데(과수면) 불면이 시작됐고 조금씩 먹던 바나나, 빵, 컵라면도 입에 들어가지 않았다. 숨이 막히는 것 같았다. 혜미는 검색을 통해 지역 정신건강복지센터에 전화를 걸었다.

"도와주세요."

다급하게 찾았던 정신건강복지센터에서는 심각한 우울증 같다며 약물 치료를 할 수 있는 정신과를 권했다. 아무것도 몰랐던 그는 센터와 연계된 병원으로 갔다. 병원에서는 항우울제, 항불안제, 수면제를 처방받았다. 정신과를 찾은 지 한 달도 되지 않아 혜미는 새 직장을 구했다. 면접에 갈 수 있었기 때문이다. 지금은 정신과와 심리치료를 병행한다.

그가 힘들어했던 문제가 해결되지는 않았다. 자신의 기사가 마음에 들지 않아 눈물이 나기도 하고 여전히 사람이 무섭다. 그럴 때마다 혜미는 0.5를 생각한다. 완벽한 기사를 쓰지 않아도, 완벽한 인간관계를 유지하지 않아도, 완벽한 무언가가 되지 않아도 된다고 스스로 말한다. 이전에 그의 세계에는 0과 1만 존재했다. 1이 되지 않으면 0으로 떨어졌다. 이제는 0.3이나 0.5도 있다는 것을 안다.

우울증 전후 가장 달라진 점을 물었다. 의외의 대답이 돌아왔다.

"예전에는 좋은 환경에서 좋은 친구들 만나서 좋은 시간을 보냈다면, 우울증 이후에는 아픈 사람들에게 조금 공감할 수 있게 된 거 같아. 노숙인들도 이전이랑 다르게 보이더라고. 나도 가족이 없었다면 그렇게 됐을지 모르겠다는 생각이 들었어. 우울증 약을 세상에 다 뿌리고 싶어. 세상에 우울한 사람 없게."

절대 우울증에 걸리지 않을 것 같은 사람은 없다

나의 환우들 ②

전형적인 우울증 타입 같은 건 없지만 '절대 우울증에 걸리지 않을 것 같은 사람'이 있다면 원영이다. 사람들은 그를 활기찬, 밝은, 재미있는 사람이라고 표현한다. 대학 때 그는 "안 피곤해?"라는 말을 가장 많이 들었다. 원영의 일정은 늘 누군가와의 약속으로 차 있었다. 그에게 만남이란 두 사람의 시간이 일치할 때만 가능한, 그래서 소중한 것이었다. 약속이 없을 때면 혼자 서울 곳곳을 헤맸다. '나중에는 이런 골목도 없어질 거야. 지금 봐야 해!' 하면서.

그는 대학병원에서 일하는 10년차 간호사다. 동시에 노동조합 활동가다. 의료인의 노동환경과 인권, 그리고 이런 것들이 환자의 치료 환경에 미치는 영향에 대해 목소리를 낸다. 대학 시절 원영에게 누군가와의 만남이 중요했던 것처럼 지금 원영은 자신에게 마이크를 주는 곳이면 어디든 간다. 기자회견, 언론사 인터뷰, 팟캐스트 등등. 유튜브 채널도 개설했다. 채널 이름은 정직하게 '최원영 간호사'다. 얼마 전에 구독자 500명, 700명, 1000명 이벤트를 열었다.

원영과 만나기로 한 날, 그는 차를 마시겠냐고 물었다. 나는 당연히 찻집에 가자는 말로 이해했다. 그날 원영은 몇 가지 종류의 차와 휴대용 다기세트, 보온병, 그리고 작은 돗자리까지 챙겨와 나를 놀라게 했다. 날씨가 좋으니 공원에서 차를 마시자고 했다. 우리는 공원 구석에 돗자리를 펴고 앉았다. 역시 에너지가 넘치는 사람이구나 싶었다. 그날 원영은 자신이 우울증을 앓고 있다고 말했다.

원영이 자신이 우울증일지도 모른다고 생각한 것은 몇 개월 전이다. 돌이켜보니 언젠가 지나갈 것이라 여겼던 우울감이 2년 넘게 이어지고 있었다. 자살에 대한 생각(자살 사고)

도 잦았다. 다른 사람들도 힘들 때 죽고 싶다는 생각을 할까? 자살 충동이 잦은 게 정상일까? 의문을 품고 있으면서도 자신이 치료 대상이라는 생각은 못 했다.

그러다 어느 날, 중요한 일정이 있었음에도 출근하지 못했다. 주말이 지나면 괜찮아지겠지 했지만 그렇지 않았다. 그는 무력감, 우울감, 슬픔 등으로 업무를 이어갈 수 없다고 스스로 판단했다. 노동조합에 일을 쉬겠다고 문자로 통보했다. 무책임과 회피는 그가 가장 싫어하는 것이다. 평소 원영이었다면 하지 않았을 행동이었다. 하지만 그런 것까지 따질 마음의 여유가 없었다.

휴직에 필요한 진단서를 받기 위해 정신과를 찾았다. 병원에서는 우울증 진단을 받았다. 예상했던 결과였기에 놀랍지 않았다. 또 진단서가 목적이었기 때문에 병원에 기대하는 바도 별로 없었다. 병원에서는 약을 처방해주며 다음 주에 다시 오라고 말했다. 원영은 이제는 안 올 것 같다고 생각했지만 알았다고 답했다. 휴직을 신청하고 그는 집에 처박혔다. 몇 날 며칠을 울면서 보냈다. 울다 지쳐 잠들고 배가 고프면 그냥 눈에 보이는 걸 집어 먹었다. 그리고 또 울었다.

"슬픔에 푹 담가진 느낌이었어."

일주일 뒤, 원영은 다시는 가지 않으리라고 생각했던 병원을 찾았다. 그리고 누구에게도 말하지 않았고, 누구도 예상하지 못했던 자신의 상태와 자살 충동에 관한 이야기를 의사에게 털어놓았다.

"장기가 손상되지 않은 상태로 죽을 수 있는 방법이 뭘까 생각해요."

대학에 입학할 무렵 장기기증을 신청한 원영은 졸업 후 병원에서 일하며 자신의 선택이 옳았음을 확인했다. 병원에는 누군가의 장기가 절실한 사람이 많았다. 하지만 자살과 장기기증을 같이 생각하게 될 줄은 몰랐다.

원영의 자살 충동은 이번이 처음이 아니었다. 첫 자살 충동은 초등학교 4학년 때다. 엄마에게 맞던 원영은 화장실로 도망쳤다. 두려움에 휩싸인 원영에게 엄마는 문을 열라며 소리쳤다. 잠시 후 엄마가 어디론가 가는 소리가 들렸다. 화장실 열쇠를 가지러 가는 것이었다. 화장실 바닥에 면도칼 조각이 보였다. 원영은 울면서 칼을 향해 손을 뻗었다. 이 공포에서 벗어나려면 자신이 죽는 것밖에는 방법이 없다고 생각했다. 그때 엄마가 열쇠로 화장실 문을 열었다.

두 번째 충동은 수능을 보고 온 날 저녁이었다. 원영은 시험을 꽤 잘 봤다. 원영은 가족들과 함께 뉴스를 보며 과일을 먹고 있었다. 수능 소식에 이어 한 수험생이 스스로 목숨을 끊었다는 보도가 나왔다. 옆에서 엄마가 혀를 찼다.

"으휴, 일찌감치 잘 죽었다. 저렇게 약해 빠져서는."

"엄마는 무슨 말을 그렇게 해? 엄마는 내가 죽어도 그렇게 말할 거야?"

"그래! 그렇게 말할 거다. 잘 죽었지. 부모 속이나 썩이고."

엄마의 말이 끝나자마자 원영은 벌떡 일어나 집 밖으로 뛰어나갔다. 누군가의 죽음을 그렇게 말하는 엄마가, 자신이 죽어도 그렇게 말하겠다는 엄마가, 미워서 참을 수 없었다. 세상을 등진 동갑내기처럼 높은 데서 뛰어내려야겠다고 생각했다. 헐레벌떡 뒤따라 나온 아빠가 그를 붙잡았다.

얼마 전 원영은 5개월간의 휴직을 끝내고 병원으로 복귀

했다. 진단서를 목적으로 찾았던 정신과는 계속 다니고 있다. 휴직 기간 동안 우울할 때도 있었지만 상태가 나아졌을 때는 유튜브에 영상을 올리고 여행을 다녔다. 여행 중에는 이 시간이 다시 돌아오지 않을 테니 온전히 누리자는 생각에 부지런히 돌아다녔다. SNS에는 여행 중인 원영의 즐거운 모습들이 올라왔다.

그는 자신의 다양한 모습이 서로 충돌한다고 생각하지 않는다. 자살 생각에 시달리는 모습과 즐거운 마음으로 유튜브 댓글 이벤트를 여는 모습 모두 자신이다. 두드러지는 어느 한 면으로만 누군가를 규정하는 것은 게으름을 넘어선 폭력이다.

그는 자신의 이야기를 실명으로 해달라고 말했다. 정말 이름과 직업을 밝혀도 괜찮겠냐고 묻자 "나도 아직 주변에 우울증이라고 말하지 못했지만 사람들이 우울증을 좀 더 쉽게 말할 수 있는 분위기가 됐으면 좋겠어"라는 답이 돌아왔다. 우울증을 앓고 있는 최원영은 밝고 활기차고 재미있는, 그리고 용기 있는 사람이다.

불편한 건 맞지만 잘못한 건 아니야

나의 환우들 ③

지훈은 자신에게 관심이 많다. 어떤 감정을 느낄 때면 스스로 '왜 지금 이런 감정을 느낄까?'라고 묻는다. 어렸을 때 만들어진 습관이다. 그는 자신이 감정 기복이 큰 사람이라는 것을 청소년기에 알아챘다. 고등학생 지훈은 부모에게 "정신과에 가 보고 싶다"고 말했다. 그러면 자신에 대해 좀 더 알 수 있을 것 같았다.

부모는 지훈을 정신과가 아닌 교회에 데려갔다. 교회에 다니면 나을 거라고 말했다. 교회에서 지훈은 특별한 아이로 여겨졌다. 그의 마음과 달리 말이 빨라지고 의도하지 않은 말까지 할 때가 있었는데 교회 사람들은 이를 '방언'이라고 했다. 성령이 충만하면 방언이 터진다며 지훈에게 성령이 내렸다고 말했다.

"나는 그게 조증 증상이라고 생각해. 그때 병원에 갔어야 했는데 교회에 가서 증상이 악화된 것 같아."

지훈이 허탈하게 웃었다.

지훈은 양극성 정동장애, 좀 더 보편적인 단어로는 조울증을 앓고 있다. 조울증은 1형과 2형으로 구분되는데 지훈은 2형이다. 1형은 심한 조증과 심한 우울을 왔다 갔다 하는 반면, 2형은 비교적 가벼운 조증과 심한 우울을 오간다. 지훈은 성인이 되기 전까지는 가벼운 조증과 가벼운 우울을 오갔다. 우울과 관련해서는 특별히 기억나는 일이 없을 정도다. 조증과 관련해서는 가벼운 증상이 몇 번 나타났다.

예를 들어 수능 전날 지훈은 지금까지 본 모의고사 중 점수가 잘 나온 시험지들을 모아 가슴에 끌어안았다. 그러자 시험을 잘 볼 것 같은 느낌이 들면서 가슴이 빨리 뛰기 시작했다. 그날 지훈은 제대로 자지 못했다. 그럼에도 수능 당일 그는 피곤하지 않았고, 중요한 시험 앞에서 누구나 느낄 법한 불안이나 걱정 같은 감정도 들지 않았다. 문제는 술술 풀렸고 지훈은 자신만만했다. 시험 결과는 나쁘지 않았지만 막힘없이 문제를 풀었던 그날의 기분에 비하면 기대 이하였다. 시간이 지난 후 지훈은 그날 자신의 상태가 조증 증상이라는 걸 알게 됐다.

취업을 준비할 때도 비슷한 일이 있었다. 1박 2일로 진행된 합숙 면접에서 지훈은 유난히 머리가 빠르게 돌아가는 느낌을 받았다. 아이디어가 마구 떠올랐고 사람들의 질문에 막힘없이 대답했다. 면접관과 참가자들은 지훈에게 쾌활하다, 똑똑하다고 말했다. 한 면접관이 그에게 불안해 보인다고 말했지만 별로 신경 쓰지 않았다. 그는 자신의 성과에 만족했다. 자신이 천재가 아닐까도 생각했다. 그는 합숙 면접에서 탈락했다.

극심한 우울을 느낀 것은 취업을 준비할 때다. 취업 준비 기간이 길어지자 큰 스트레스를 받았다. 공부를 마치고 집으로 돌아올 때면 몸이 축축 처졌다. 취업 준비는 '해야 하는 일'

이었기에 어떻게든 했지만 집에서는 손 하나 까딱할 수 없었다. 아무거나 대충 먹은 다음 침대에 몸을 웅크리고 누웠다.

"해야만 하는 일을 못하는 건 용납이 안 돼. 그러니까 그것만 하고 나머지는 다 방치한 거지."

일주일, 한 달, 두 달이 지났다. 그릇이 쌓인 싱크대에서는 퀴퀴한 냄새가 났다. 방에는 빨지 않은 옷가지와 쓰레기가 함께 굴러다녔다. 두 달 동안 세탁기를 돌리지 않자 갈아입을 옷이 동났다. 그는 굴러다니는 옷들 중 그나마 깨끗해 보이는 옷을 입고 집을 나섰다. 취업 스터디에 가기 위해서다. 지훈의 방과 속은 곪아갔지만 외부에서 보기에 지훈은 별 문제가 없었다.

가족과 친구의 연락은 하나도 받지 않았다. 해야 하는 일이 아니었기 때문이다. 그는 가족이나 친구처럼 친밀한 영역, 사적인 영역은 일단 내려놨다. 지훈과 연락이 닿지 않자 걱정이 된 부모는 두 달 만에 그의 집을 찾았다. 쓰레기장이 된 집을 본 부모는 무척 놀랐지만 지훈을 혼내거나 비난하지 않았다. 그저 그의 집을 정리하고 식사를 챙겼다. 어떤 훈계나 걱정도 드러내지 않은 부모의 반응은 지훈에게 큰 위로와 힘이 됐다.

어느 정도 우울의 시기가 지난 뒤, 지훈은 정신과를 찾았다. 극심한 우울을 겪을 때는 정신과를 찾을 에너지조차 없었다. 정신과에서 그는 당시 느끼던 우울뿐 아니라 청소년 시기부터 종종 발생했던 조증 관련 일화도 말했다. 의사는 조울증 진단을 내렸다. 병원에서는 두 가지 약을 처방받았다. 하나는 우울한 기분을 살짝 올려주면서 중간을 유지하는 약이다. 다른 하나는 기분이 들뜨면 수면에 방해가 될 수도 있어 수면에 도움을 주는 약이었다. 2주 정도 지나자 그는 안정을 찾을 수 있었다.

하지만 지훈은 자신의 상태가 썩 마음에 들지 않았다. 약을 복용했던 6개월, 깊은 우울에 빠지진 않았으나 이전처럼 머리가 빠르게 돌아가는 느낌이 없었다. 조울증이 없는 사람이 느끼는 조躁의 상태가 0이라고 하면 지훈은 1이나 2 정도를 좋아하는 사람이었다. 지훈은 살짝 들뜬 상태에서 나오는 자신의 당당함, 활력, 기발함 등을 좋아한다. 그런 상태일 때

공부나 일의 성과도 좋았다. 지훈은 약 처방을 기본으로 하는 정신과를 더 이상 다니지 않았다.

대신 지훈은 의사와의 상담과 각종 자료를 토대로 자신만의 관리법을 만들었다. 그는 뇌가 물리적이라고 생각한다. 우울할 때는 뇌가 한 대 맞은 상태라는 것이다. 다친 다리로 운동하는 사람이 없듯이 다친 뇌를 쓰는 건 바보 같은 짓이다. 그럴 때는 뇌가 쉬도록 해야 한다.

"우울할 때 청소를 못했다거나 하루 종일 잤다고 자책하는 건 이미 아픈 뇌를 또 때리는 거나 마찬가지야. 그래서 나는 절대 자책하거나 비난하지 않아."

조증일 때는 의식적으로 차분해지려고 한다. 조증 시기에는 평소보다 말이 빨라지거나 수면 시간이 줄어든다. 말이 빨라지는 건 두뇌 회전 때문이다. 생각을 말로 표현해야 하는데 머리가 빠르게 돌아가니 말도 빨라진다. 수면 시간 역시 마찬가지다. 조증 시기의 뇌는 쉴 틈 없이 움직인다. 조증 시기를 여러 번 겪은 지훈은 이런 증상이 나타나면 덜 생각하고 덜 움직이고 더 자려고 한다. 그리고 다가올 우울의 시기를 준비한다. 일종의 에너지 비축이다.

“주변을 둘러보면 조울증이 아닌가 싶은 사람들이 보여. 근데 경미한 조울증은 본인이 알아채기 어렵거든? 조증이 자기 본래 모습이고 우울한 시기는 ‘번아웃’ 정도라고 생각하는 거지. 큰 불편이 없으면 그렇게 살아도 되지만, 이런 증상을 겪는 사람이 있으면 자료도 좀 찾아보고 스스로 체크해보면 좋겠어. 그러면 좀 더 편하게 지낼 수 있으니까.”

나아가 그는 자신이 병을 ‘앓는다’고 생각하지 않는다. 불편하지만 유용할 때도 많기 때문이다. 직장에서의 좋은 성과 역시 조증의 영향이 있다고 생각한다.

“잘 활용만 하면 괜찮을 거 같아. 유명한 예술가들 중에도 조울증이 많잖아.”

그의 말처럼 버지니아 울프, 빅토르 위고, 반 고흐, 차이코프스키 등이 조울증을 앓았다. 지훈은 정신 질환을 가진 사람들이 스스로에게 좀 더 관대하길 바란다.

“정신 질환을 앓는 사람은 스스로 비난하고 몰아세우는 게 심해. 주변에서도 의지로 극복하라고 하고. 다른 질환을 가진 사람도 이렇게 스스로 비난하고 자책할까? 그렇지 않을 거 같아. 불편한 건 맞지만 잘못한 건 아니잖아. 자책하고 비난하면 더 훅 간다니까. 치료를 위해서라도 우리가 스스로에게 관대했으면 좋겠어."

일상을 버티게 하는 힘, 지지와 이해

나의 환우들 ④

은일이 가만히 핸드폰을 내려다봤다.

"와, 휴대폰 좋다. 새로 샀어?"

"응, 아이폰8! 근데 거의 엠피쓰리야."

"왜? 이런저런 기능이 많지 않아?"

"연락 오는 데가 없으니까."

나는 그의 말에 뭐라 대꾸할 수 없었다. 괜히 "5분 뒤에 지하철 온다"며 도착 안내를 알리는 화면을 올려다봤다.

은일이 원래 친구가 없었던 건 아니다. 20대 내내 정신병원 폐쇄병동 입원과 퇴원을 반복한 탓에 친구들과 멀어졌다.

개방병동은 대체로 휴대전화를 허용하지만 폐쇄병동은 그렇지 않다. 폐쇄병동에서 외부와 연락을 하려면 간호사실 전화나 공중전화를 이용해야 한다. 그는 그런 방식으로 친구들에게 연락하고 싶지 않았다.

퇴원을 할 때마다 대체 어디 갔었냐, 왜 연락이 안 됐냐는 친구들의 질문에 맞닥뜨렸다. 엄마가 아프셔서 정신이 없어서, 다른 지역에 볼 일이 있어서 같은 핑계를 댔다. 입원 횟수가 늘어날수록, 또 입원 기간이 길어질수록 핑계 대기가 어려웠다. 자신의 병을 알리고 솔직하게 말할까 고민한 적도 있다. 하지만 친구들이 얼마나 이해해줄지 가늠이 안 됐다. 은일은 '내가 미쳤다고 생각하면 어쩌지?'라는 생각이 스쳤다.

은일은 조울증을 앓고 있다. 심한 조증과 심한 우울을 오간다. 증상은 스무 살 때 처음 나타났다. 대학 진학을 계기로 엄마와 갈등을 겪으면서다. 대학을 합격한 그에게, 엄마는 뭐 하러 대학에 가냐고 했다. 엄마는 은일이 신청했던 학자금 대출 신청도 취소해버렸다.

엄마를 이해하지 못하는 건 아니었다. 엄마는 혼자 은일과 동생을 키웠다. 집에는 늘 돈이 부족했고 엄마는 자주 아팠다. 아프다고 일을 쉴 수 있는 상황이 아니었기에, 엄마에게는 이런 저런 병명이 추가됐다. 집에는 대학생이 아니라 돈을 벌 사람이 필요했다. 온갖 감정이 교차했다. 엄마에 대한 원망과 미안함이 뒤섞였고, 기대했던 미래를 잃은 것 같은 상실감과 그렇지만 뾰족한 수도 없는 현실 앞에 무력감을 느꼈다.

무작정 짐을 싸 집을 나갔다. 엄마 얼굴이라도 보지 않으면 기분이 나아질 것 같았다. 하지만 제대로 챙겨먹지 못했고 마땅히 갈 곳도 없어 계속 걷기만 했다. 걷다 지치면 PC방이나 찜질방에 갔다. 얼마 뒤 집으로 돌아왔다. 조증 증상이 나타난 후였다. 은일은 엄마와 동생에게 이런 말을 쏟아냈다.

"걷다가 하늘을 보는데 천사의 군대와 악마의 군대가 싸우고 있었다. 마치 성경에 나오는 모습 같았다. 나도 '전투'에 참가해 악을 무찌르겠다."

"나는 지금 시험을 치르는 중이다. 자동차 깜빡이 방향에 따라 움직여야 한다. 이 시험에 통과하면 정부가 우리 집안의 빚을 모두 없애줄 것이다. 우리의 신분도 상승시켜 줄 것이다."

어느 날 건장한 남성들이 은일의 집을 찾았다. 이들은 의아한 표정으로 쳐다보던 은일을 움켜잡아 응급차에 태웠다. 발버둥 쳐도 벗어날 수 없었다. 엄마가 '응급이송단'을 부른 것이다. 정신을 차리고 보니 정신병원 폐쇄병동이었다. 병명은 조울증 제1형. 그는 자신이 아프다는 사실을 받아들일 수 없었다. 조금만 더 있으면 악의 무리를 무찌르고 시험도 통과할텐데……. 스무 살, 첫 강제 입원의 기억이다. 그렇게 병원에서 6개월을 지냈다.

"가족도 그러고 싶지 않았겠지만 정말 다른 방법은 없었을까 묻고 싶어. 이런 경험이 쌓이면 가족을 믿지 못하게 돼."

은일은 두 번째 강제 입원을 당한 이후, 잠을 자지 않아도 에너지가 넘친다거나 종일 배고픔도 잊을 만큼 무언가에 몰두하는 등 조증 증상이 나타나면 집을 나갔다. 병을 인식해서라기보다는 강제 입원 과정과 장기 입원에 대한 두려움 때문이었다.

"증상이 좋아져서 퇴원을 해도 당시 일이 다 기억나. 입원 당시에 응급이송단이 내 팔을 꺾고 나를 때린 것. 병원에서 말

안 듣는다고 '코끼리 주사'를 맞은 것. 배만 불룩하게 나와서 무기력하게 병동을 돌아다니던 나와 사람들의 모습……. 계속 기억이 나. 내 몸에 박힌 것처럼."

'코끼리 주사'는 진정제의 일종인데, 코끼리도 쓰러뜨릴 수 있다고 해서 붙은 별명이다.

가출을 할 때마다 상태는 악화됐고 결과는 다시 강제 입원이었다. 그는 총 6차례 강제로 병원에 입원했다. 짧을 때는 3개월, 길 때는 2년 6개월을 병원에서 보냈다. 20대 후반이 되었을 때, 그는 자신의 병을 공부했다. 더 이상 강제 입원을 당하지 않기 위해서다. 이는 은일이 자신이 아프다는 것을 받아들였다는 의미이기도 하다.(은일은 이후 정신장애 3급 판정을 받았다.)

나와 은일은 '한국정신장애인 자립생활센터'에서 만났다. 취재를 하러 간 곳에 은일이 있었다. 센터에서 은일은 '당사자 활동가'로 일했다. 당사자 활동가는 다른 정신장애인을 상담하는 동료 상담, 인식개선을 위한 외부 강연, 언론사 대응 등의 일을 한다.

은일은 센터에서 일하며 자신이 특별한 케이스가 아니라

는 걸 알게 됐다. 그곳을 찾는 사람들은 하나같이 반복되는 입원과 퇴원, 멀어지는 인간관계, 오래 다니지 못하는 직장, 지쳐가는 가족, 그리고 고립감 등 질병으로 인한 2차적 문제를 호소했다. 처음에는 자신의 경험을 공유할 사람이 있다는 사실에 반가웠다가, 점점 슬퍼졌다. 정신장애인들은 다 이렇게 사는 걸까? 동시에 자신과 동료들이 겪는 문제가 사회구조에서 비롯된 것임도 깨달았다. 사회구조적인 문제가 아니라면, 이렇게 모두가 같은 문제를 가지고 있을 수 없었다. 은일이 정신장애인 당사자 운동을 계속 이어가는 이유다.

은일은 SNS를 열심히 한다. 그에게 SNS는 사람들의 지지를 확인할 수 있는 공간이면서, 당사자 운동을 이어가는 공간이다. SNS에 매일 얼마나 걸었는지, 카페에서 무슨 음료를 마셨는지, 정신장애와 관련한 어떤 교육을 했는지, 정신장애인이 운전면허를 딸 수 있는지 등의 이야기를 쓴다. 그리고 사람들이 누른 '하트'와 댓글을 보면서 자신이 혼자가 아니라는 사실, 자신이 하는 활동에 의미가 있다는 사실을 확인받는다. 나를 걱정해주는 사람들이 있구나. 나에게 신경써주는 사람들이 있구나. 따뜻하고 몽글몽글한 마음이 피어올랐다.

왜 이렇게 지지가 중요한 걸까.

"주변의 지지가 조금이라도 있는 경우와 제로인 경우의 차이는 엄청나. 지지해주는 사람이 없으면 고립감이 심해지고 극단적인 선택을 내리기가 쉬워져. '어차피 나를 신경 쓰는 사람도 없는데, 내가 어떤 선택을 하든지 상관없는 거 아닌가?' 이런 마음이 들지. 나도 그랬거든. 약이 중요하지만 전부는 아니야."

은일은 사람들을 만나고 활동을 하면서 약 복용량이 절반 이상 줄었다.

얼마 전 그는 이사를 했다. SNS에 "문득 정신장애인 당사자가 텅 빈 방을 꾸미는 걸 보여드리고 싶은 생각이 들었어요. 거창하진 않지만 리뷰도 같이 쓸 예정이에요. :) 고맙습니다!" 라고 썼다. "당근마켓 추천해요", "'오늘의 집'에도 연재하고 포인트 쌓으세요", "기대할게요", "잘 하실 거예요" 등의 댓글이 달렸다. 이제 은일은 혼자가 아니다.

Tip 8

입원이 필요하신가요?

우울증은 정신병원과 거리가 멀다고 생각했다. 정신병원은 진짜 이상한 사람들이 가는 곳이니까 우울증은 아닐 거야……. 내가 가진 질환은 다른 정신 질환과 다르다고 생각하고 싶어 선을 그었다.

하지만 우울증으로 병원에 입원하는 사람은 적지 않다. 자살 시도나 자해, 우울증 재발, 약물 부작용 등 입원의 이유는 다양하다. 장창현 전문의는 "그 밖에 자신도 모르게 사회생활에 부정적인 영향을 주는 행동을 한다면 입원을 권할 수 있다"며 "늦은 시간에 직장 상사에게 계속 전화를 하거나, 고객에게 욕을 하거나, 인터넷 커뮤니티에 실명으로 난폭한 글을 올리는 등의 행동이 나타나면 입원을 권한다"고 말했다.

정신병원은 어떤 곳일까. 유형에 따라 병동의 모습과 그곳에서의 생활이 달라진다. 정신병원은 개방병동, 반개방병동, 폐쇄병동으로 나뉜다. 개방병동은 보통의 입원병동에, 폐쇄병동은 중환자실에 대입하면 이해가 쉽다. 개방에서 폐쇄로 갈수록 행동반경이나 쓸 수 있는 물품에 제약이 많아진다. 반개방병동은 폐쇄와 개방 중간 즈음이다.

정신과에서 중증이라고 하면 보통 조현병이나 조울증을 떠올린다. 그래서 우울증은 당연히 개방병동이 아닐까 싶지만 그렇지도 않다. 자살이나 자해의 위험이 있는 경우 질환에 관계없이 응급 상황으로 분류돼 폐쇄병동이나 반개방병동으로 가게 된다.

개방병동 입원 환자는 병동은 물론이고 병원 내를 자유롭게 돌아다닐 수 있다. 외출이 필요할 때는 주치의와 상의하면 된다. 면회에도 큰 제한이 없다. 내과에 입원했을 때와 별반 다르지 않다. 무기력으로 끼니를 챙기지 못하고 불면에 시달린다면 개방병동에 입원하면 된다. '고작 무기력 때문에 입원한다고?' 생각할 수 있다. 하지만 무기력은 우울증의 대표적인 증상이고 방치할 경우 깊은 우울로 이어진다.

반면 폐쇄병동 입원 환자는 병동 밖을 나갈 수 없다. 외출은 제한되거나 보호자가 동행했을 때만 가능하다. 휴대전화 사용이 불가능해 공중전화를 이용해야 하며 횟수와 시간에도 제한이 있다. 흡연은 물론이고 간식까지 제한하는 곳도 있다. 니코틴이나 카페인이 신경에 영향을 준다는 이유다.

조울증으로 몇 차례 폐쇄병동 입퇴원을 반복한 ㄱ은 입원 초기 담배, 커피, 초콜릿 등이 모두 금지라는 이야기를 들었다. 며칠이 지나자 하루에 커피 한 캔, 초코파이 한두 개 정도가 허용됐다. 보호자가 간식을 구매하면 간호사실에서 보관하고, 환자가 간호사실에서 간식을 배급받는 시스템이었다. ㄱ은 "치료 목적이라고 했지만 당사자 입장에서는 무척 답답했다"고 말했다.

지난 10년간 정신병원에서 근무하며 많은 사람을 봐온 윤철호 복지사는 "입원이 필요한 사람은 사회적 기능이 많이 떨어져 있는 상황이고 작은 자극에도 취약하다"며 "폐쇄병동이라고 하면 '갇힌다'고만 생각하지만 그만큼 외부의 자극 요인을 통제해 회복을 돕는다"고 말했다. 휴대전화 사용 금지 역시 외부 자극을 최소화하기 위해서다.

윤 복지사의 말대로 외부 요인 통제는 급성기 환자에게 도움이 된다. 불면과 무기력으로 일상이 엉망이 된 ㄴ은 지푸라기라도 잡는 심정으로 정신병원을 찾았다. 규칙적인 병원 생활은 ㄴ에게 도움이 됐다. 휴대전화 사용을 못하니 스트레스를 주는 사람이나 환경으로부터 격리될 수 있었다. 덕분에 ㄴ은 빠른 속도로 회복했다. 실제 우울증은 잠만 충분히 자도 상당 부분 좋아진다.

자신의 상태를 숨기지 않아도 된다는 것도 입원의 장점이다. ㄴ은 "영화 〈조커〉에 '정신 질환의 가장 나쁜 점은 남들에게 아무렇지 않은 척해야 한다는 것이다'라는 부분이 나온다"며 "병원에서는 굳이 괜찮은 척을 안 해도 된다. 내 모습 그대로 있는 것에서 오는 편안함과 위로가 있다"고 말했다.

입원 방법에는 자의 입원, 보호 입원, 행정 입원, 응급 입원이 있다. 자의 입원은 말 그대로 당사자가 병원에 입원을 신청하는 것이다. 그렇다고 다 입원이 되는 것은 아니고 정신과 진단과 '입원이 필요하다'는 내용의 의사 소견서가 있어야 한다.

자의 입원을 제외한 나머지 입원 방법은 모두 비자의 입원으로 분류된다. 당사자가 아닌 다른 사람이 입원을 요청하는 것이다. 보호 입원은 보호자, 행정 입원은 시군구청장, 응급 입원은 경찰의 동의가 필요하다. 비자의 입원과 관련해서는 당사자 인권을 침해한다는 논란이 많았다.

비자의 입원 요건은 자의 입원보다 까다롭다. 자해 또는 타해 위험이 분명해야 하고 각각 다른 병원에서 근무하는 의사 두 명의 소견서가 필요하다. 이를 바탕으로 보건복지부 산하 '입원적합성심사위원회'에서 입원의 필요 여부를 판단한다. 위원회가 입원이 필요하다고 판단한 이후에도 당사자는 이의신청을 할 수 있다.

입원은 두려운 일이다. 낯선 곳이라 그렇고 사회의 낙인 때문에 그렇다. 나도 입원을 권하는 의사의 말에 기겁했던 적이 있다. 하지만 편견을 없애고 보면 입원은 약물, 상담과 같은 치료의 한 방법일 뿐이다. 편견 때문에 입원이라는 선택지를 배제할 필요는 없다. 상황에 따라 적절한 방법을 택하는 것이 회복에 최선이다.

망설였지만 꼭 필요했던 일

"누가 그러대?"

"정신과에서……. 나 정신과 약도 먹어야 한대."

"먹어야 하는 거면 먹어야지."

"응. 근데 약에 의존하면 어쩌지?"

"아이고 요새는 약 좋다더라. 알아서 병원도 가고 다행이네."

우울증 진단을 받고 며칠 뒤 아빠에게 전화로 알렸다. 아빠의 무심한 반응이 그 나름의 위로 방식이라고 생각했다. 알고 보니 위로가 아니라 아빠는 우울증을 '먹고살 걱정 없는 사람이 걸리는 병' 정도로 이해하고 있었다. 이후에도 아빠는 내게 "니가 먹고사는 게 오늘내일 해봐라. 돈 번다고 정신없지. 나는 왜 살까? 존재 이유는 뭘까? 이런 생각이 들겠냐?"라고 종종 말했다. 그의 사고방식이 놀랍기는 했지만 나를 힘들게 하지 않았다.

자신이 우울증이라는 것을 누구에게, 언제 알릴지를 결정하는 기준은 사람마다 다를 것이다. 나는 주변에 우울증을 꽤 빨리 알린 편이다. 동생들에게는 우울증 진단을 받은 당일에 알렸다. 동생들은 주말 내내 집에만 있거나 자주 우는 나를 봐왔기에 진단 사실을 알렸을 때 놀라지 않았다. 다음이 아빠였다. 이들의 반응을 보니 조금 마음이 놓였다. 생각보다 괜찮았다. 걱정이 많은 엄마에게만 나중에 알렸다.

그 다음은 회사였다. 유난히 일어나기 힘들었던 아침이었다. 겨우겨우 몸을 일으켜 화장실까지 갔다. 약 기운 때문에 몽롱해서 몇 번 비틀거렸다. 그때 씻고 옷을 갈아입었어야 했다. 하지만 다시 침대로 들어갔다. 어지러우니까 5분만 누워있자. 누워서 계속 시계를 봤다. 지금 안 일어나면 간당간당하겠다. 아 지각하겠네? 완전 지각이다! 모르겠다……. 잠이나 자자. 나는 출근 대신 이불을 뒤집어썼다.

평소와 다르게 생각이 이상한 방향으로 흘러갔다. 지각을 하든 말든, 팀장에게 혼나든 말든 그냥 자고 싶었다. 일어났을 때는 점심시간이 가까워져 있었다. 팀장으로부터 온 메시지와 부재중 전화가 보였다. 그제야 망했다는 생각이 들었다. 무슨 정신으로 아침에 그런 행동을 했을까. 팀장에게 몸이 안 좋아서 일어나지 못했다고 말했다. 오후가 되어서야 출근을 했다.

오후 시간도 엉망진창으로 흘러갔다. 자료를 읽고 또 읽었지만 내용이 하나도 머리에 들어오지 않아 기사를 한 글자도 쓸 수 없었다. 돌이켜보면 당시 나는 일을 할 수 없는 상태였다. 우울증 약을 먹으면 곧장 상태가 나아질 줄 알았지만 아니었다. 어떤 약은 미친 듯이 졸려서 몸을 주체할 수 없었고, 그래서 약을 바꾸면 잠을 못 자거나 자주 깨거나 꿈을 너무 생생하게 꿨다. 잔 것 같지 않은 잠이었다.

출근한 지 몇 시간도 채 되지 않아 팀장에게 면담을 요청했다. 우울증 진단 사실을 말하고 휴직을 요청했다. 겉보기에 나는 꽤 활달한 편이라 팀장이 믿어주지 않을 수도 있다고 생각했다. 믿어주지 않는다면 그냥 관두겠다는 마음이 불쑥 올라왔다. 아침에 이불을 뒤집어썼을 때와 비슷한 마음이었다. 어떤 노력도 하고 싶지 않았다. 다 놓아버리고 싶었다. 될 대로 되겠지.

예상과 달리 팀장은 10초도 고민하지 않고 "그래, 쉬어야겠다. 내가 알아서 처리할게"라고 말했다. 필요하다면 당장 내일부터 쉴 수 있게 일을 처리하겠다고 했다. 일이 너무 순조롭게 진행돼서 '혹시 내가 관두길 바라고 있었던 게 아닐까'라는 생각이 들 지경이었다. 며칠 뒤 사무실 책상을 간단하게 정리했다.

내가 우울증을 앓는다는 것을 많은 사람에게 알릴 생각은 없었다. 가족과 회사면 충분하다고 생각했다. '우울증 환자'라고 공개해서 좋을 것도 없어보였다. 하지만 대화의 맥락상 우울증임을 이야기해야 하는 상황이 생기곤 했다. 처음에는 망설였지만 같은 대답을 몇십 번 하다 보니 말이 술술 나왔다.

지겨웠다. 언제까지 같은 말을 반복해야 할까. 내 말을 듣는 사람들의 얼굴에 스쳐가는 난감함을 볼 때는 나도 난감했다. 그렇다고 거짓말을 하거나 내가 먼저 나서서 "저는 괜찮으니 걱정마세요"라고 말할 수는 없었다. 괜찮다며 그냥 얼버무리고 싶은 유혹이 있었으나 나는 괜찮지 않았으므로.

그래서 공개적으로 알리는 것을 택했다. SNS에 내 상태를 비교적 구체적으로 쓴 글을 올리기 시작했다. 처음 우울증 증상이 나타났을 때부터 최근의 상황까지. 생각보다 많은 사람이 그 글을 유심히 봐주었고 덕분에 웬만큼 친분이 있는 사람들과는 더 이상 서로 난감한 얼굴을 짓지 않아도 됐다. 누군가를 만날 때마다 구구절절 설명하지 않아도 되어서 편하기도 했다.

이 과정에서 우울증을 알려야 할 명분도 생겼다. 이전보다 나아졌다고는 하지만 많은 사람이 여전히 우울증이 뭔지 모른다. 우울증은 일상생활을 무너뜨리고 주변 사람을 떠나게 한다. 심지어 자살로까지 이어질 수 있는 무서운 질병이다. 하지만 이는 아주 가볍게 다뤄지거나 꺼내서는 안 될 것처럼 치부되고 있었다. "너 우울증이냐?", "조울증 아냐?"라는 '농담'과 우울증을 앓는 친구에게 안부조차 제대로 묻지 못하는 조심스러움이 우울증을 단단히 둘러싸고 있다.

그래서 의도적으로 우울증에 대해서 더 자주, 더 많이 말하려고 했다. 내가 앓는 우울증에 대해 있는 그대로 말하고 싶었다. 내 주변 사람들만이라도 '이하늬가 앓는 우울증'에 대해 알기를 바랐다. 내가 앓는 우울증은 불쾌한 '농담'도 금기도 아닌, 그 중간 어딘가에 있다.

"나 봐. 우울증이라고 해서 매일 무기력하고 죽고 싶은 건 아니야. 다만 다른 사람보다 에너지가 부족하다는 생각은 자주 해. 그래서 에너지를 어떻게 분배하느냐가 중요한 거 같아. 너무 우울할 때는 내가 좋아하는 일을 하면서 에너지를 채우려고 해. 나는 청소하면 잡생각이 안 들거든. 그것도 안 되면 그냥 침대에 누워 있지. 며칠 그렇게 있다 보면 괜찮아져. 안 괜찮으면 병원에 가서 비상약 받아오고……."

동시에 우울증을 앓고 있음에도 어떻게 해야 할지 모르는 사람이 있다면 뭐라도 알려주고 싶었다. 우울증을 알리고 나서 친구, 지인, 동생의 친구, 친구의 친구 등이 내게 여러 가지를 물어왔다. 그때마다 내 상황에서 무리하지 않고 할 수 있는 최대치를 하려고 했다. 친구가 병원에 갈 수 있도록 예약을 도왔고 동생의 친구에게는 편지를 썼다. 그들은 내가 겪은 시행착오를 겪지 않길 바랐다.

사실 내가 이렇게까지 우울증에 관해 말할 수 있었던 건 주변 사람들 덕분이다. 편견이 덜한 가족과 회사 동료들, 지지해주는 친구들까지 있어서 큰 어려움을 겪지 않았다. 이 중 하나라도 충족되지 않았다면 나는 공개적으로 우울증을 알리지 못했을 것이고 '명분' 운운하지 못했을 것이며 이런 글을 쓰는 일은 상상도 못했을 것이다.

한 친구는 약이 없으면 반차를 내고 집으로 달려갈 만큼 우울증이 심각하지만 회사에는 알리지 않은 채 일한다. 괜히 우울증을 알렸다가 어떤 피해를 입을지 모르는 게 현실이니까. 우울증으로 정신병원에 입원했던 친구는 몇 년이 지난 지금도 가족에게 그 사실을 말하지 못했다. 그 후폭풍을 감당할 수 없을 것 같아서다. 나는 그저 운이 좋았을 뿐이다.

그래서 나는 앞으로도 계속 말할 참이다. 내가 우울증이고 이로 인해 어떤 점은 불편하지만 어떤 점은 당신이 생각하는 것보다 괜찮다고. 농담의 껍데기를 띠고 있지만 사실은 비난인 '우울증이냐'는 말에 "그래 나 우울증인데 왜 그런 말을 해?"라고 되받아칠 것이다. 이런 목소리들이 모이면 언젠가는 각종 정신 질환을 앓는 이들이 어떤 두려움도 없이 자신에 대해 말할 수 있을 것이라 믿는다.

계속 말하기

ㄱ은 나와 맞지 않는 사람이었다. 나와 단 둘이 있을 때와 그렇지 않을 때의 태도가 종종 달랐고 가끔 언성을 높이거나 비아냥거렸다. ㄱ이 언제, 어떤 행동을 할지 예측이 어려웠다. 그래서 나는 늘 그의 눈치를 봤다.

ㄱ이 하는 행동의 의도는 중요하지 않았다. 의도가 있을 수도 있고 없을 수도 있다. 의도가 있다고 해도 내가 알기는 어렵다. 중요한 것은 그에게서 나를 보호하는 일이었다. 나는 주치의와 수차례 상담 끝에,

- ㄱ과 불필요한 대화 나누지 않기
- ㄱ의 농담에 대꾸하지 않기
- ㄱ이 하는 말은 믿지 않기

등 여러 가지를 시도했다. 그럼에도 ㄱ의 직접적인 행동은 무시하기 어려웠다. ㄱ이 내게 전화로 언성을 높인 날, 과호흡이 왔다.

숨을 크게 쉬는데도 숨이 쉬어지지 않았다. 신기했다. 숨을 크게 쉬면 호흡이 더 원활해야 하는 것 아닌가. 손발이 저리기 시작했고 어지러움 때문에 앞이 보이지 않았다. 과호흡이 올 때는 입에 종이봉투를 대고 숨을 쉬어야 한다는 것은 알고 있었다. 하지만 그 상황에서 봉투를 찾을 겨를은 없었다. 손발이 저릿하고 앞이 제대로 안 보이는데 어떻게 봉투를 찾아서 입에 댄다는 건지. 상비약마냥 봉투를 가지고 다녀야 하나. (알고 보니 과호흡이 자주 오는 사람들은 봉투를 가지고 다니기도 한단다. 전문가들은 봉투보다는 복식호흡을 추천한다.)

나는 더 이상 그와 같은 공간에 있거나 카톡으로 대화를 나눌 수 없었다. 아주 작은 실마리로도 연결되고 싶지 않았다. 이는 싫거나 무서운 것과는 다른 차원의 감정이었다. 내 몸과 마음이 그를 피하라고 말하고 있었다. 스트레스는 눈에 보이지 않지만 한 시간 이상 이어진 과호흡은 명백한 신호였다. 다음날 정신과에서 진단서를 끊어 회사에 병가를 신청했다.

ㄱ과 분리되는 것. 그리고 잠시 회복기를 갖는 것. 그게 내가 원한 전부였다. 하지만 상황은 계획대로 굴러가지 않았다.

나는 상사에게 ㄱ으로 인해 우울증이 심해져 일을 할 수 없다고 말했다. 내가 우울증이라는 것을 몰랐던 상사는 놀란 눈치였다(앞서 이야기한 팀장과는 다른 사람이다. 그 사이 나는 회사를 옮겼다). 그는 내가 활발하고 업무에도 문제가 없어 전혀 몰랐다고 했다. 많은 사람이 우울증이라고 하면 말수가 적고 사람들과 어울리지 않는 이미지를 떠올린다. 세상에는 다양한 모습의 우울증 환자가 있다. '일하는 이하늬'는 스테레오 타입에 부합하지 않을 뿐이다.

동시에 상사는 ㄱ으로 인해 느끼는 어려움이 객관적인 것인지 아니면 주관적인 것인지를 물었다. '주관'이라는 단어에는 우울증 때문은 아니냐는 의미가 담긴 것 같았다. '우울증 때문에 니가 너무 예민하게 느끼는 거 아니야?' 나는 답할 수 없었다. ㄱ의 이러이러한 행동으로 인해 내가 이러이러한 고통을 느꼈다고 설명하는 것이 구차하다고 생각했다. 병이 악화된 건 난데 왜 이런 구차함까지 떠안아야 하는 걸까.

이런 상사의 반응은 모순이었다. 그는 내가 활발하고 업무에 문제가 없어 전혀 몰랐다면서 문제가 발생하자 우울증에 초점을 맞춘 질문을 던졌기 때문이다. 면담을 시작할 때 나는 울고 있었지만, 이런 질문을 받은 뒤 거짓말같이 눈물이 멈췄다. 정신이 없는 와중에도 충격을 받아 '정신을 똑바로 차려야겠다'는 생각을 했다.

내가 겪은 일이 조직이 해결해야 할 문제가 아니라 우울증에 걸린 노동자 개인의 문제로 귀결될 수도 있겠다 싶었다. 예를 들어 '직장 내 괴롭힘'으로 초점이 맞춰지면 조사를 해야 하고 관리자에게도 책임을 묻는 등 문제가 복잡해지지만, 한 개인에게 "니가 나약해서 그래", "예민해서 그래", "안 그래도 우울증이라며?"라고 해버리면 문제는 단순해진다.

문제가 단순해진다고 해결이 쉬워지는 것은 아니다. 해결에는 속도도 중요하지만 방향이 더 중요하다. 상사의 질문은 잘못된 방향이었다. 동시에 내 안에서 의문이 올라왔다. 정말 ㄱ과의 분리와 휴가면 충분한 걸까. 그게 내가 원하는 전부인가. 아니 이게 맞는 걸까.

몇 주 동안 고민한 끝에 나는 회사에 분리와 병가 외의 조치를 취해줄 것을 요청했다. 애초 내가 생각했던 것보다 일이 커질 것이고 그로 인해 힘들어질 것임을 알았다. 하지만 적어도 내 안의 의문은 해소되는 느낌이었다. 이게 맞는 방향이었다. 우울증을 알리면서 생각한 것을 떠올렸다. 계속해서 말하기.

회사와의 면담을 앞두고 할 말을 정리했다.

- 이번 일의 원인은 우울증이 아니라 상대의 태도다.
- 우울증 악화는 사건의 원인이 아니라 오히려 그로 인한 결과다.
- 따라서 이번 사건의 결론이 한 개인의 우울증으로 귀결되

는 것은 바람직하지 않다.

- 설령 내가 예민하다 해도, 예민한 사람이 일하기 좋은 환경은 그렇지 않은 사람도 일하기 좋은 환경이다.

등이다. 몇 번이나 연습했지만 역시나 실전에서는 힘겹게 말을 이어나갔다.

두 달 뒤, 회사는 전화로 몇 가지 조치를 취했다고 알려왔다. 여러 조치 중에 하나로 나는 ㄱ과 '반영구적으로' 분리되었다. 이 회사에서 일하는 한 ㄱ과 내가 한 부서에 있는 일은 없을 것이다. 사건을 담당한 선배에게 회사의 결정을 듣는데 눈물과 콧물이 주룩주룩 흘렀다. 나는 그날 오랜만에 정말 편하게 잠들었다. 다음 날 오후 1시가 넘어서 일어났으니까.

사람들이 이 일을 두고 어떻게 생각할지는 모른다. 나를 그 정도도 견디지 못한 나약한 사람이라고 생각하거나 쓸데없이 예민해서 같이 일하기 피곤한 사람으로 생각할 수도 있다. 누군가는 나를 아픈 와중에도 문제를 제기한 사람으로 여길 수도 있고. 겉으로 드러내진 않겠지만 우울증을 이유로 나를 특정 업무에서 배제하려는 사람도 있을지 모른다. 이 모든 평가와 별개로 나는 일련의 과정을 후회하지 않는다. 앞으로 부당한 일을 당한다 해도 후회는 없다.

《아파도 미안하지 않습니다》의 저자 조한진희 작가는 "누구도 아픈 것 때문에 아프지 않길 바란다. 질병의 개인화는 아픈 몸에게 질병의 책임을 전가시켜 죄책감으로 고통받게 만든다"고 했다. 이번 일을 겪으면서 막막할 때마다 이 문장을 곱씹었다. 덕분에 힘을 내 말할 수 있었고 덜 아플 수 있었다. 나는 ㄱ이나 상사, 회사 그 누구에게도 미안하지 않다. 그리고 앞으로도 계속 말할 것이다.

이렇게 반응해줘

우울증에 걸리면 불편하다. 잊지 않고 하루에 두세 번 약을 먹어야 한다. 매주 혹은 격주로 정신과에 가야 한다. 무엇보다 우울감이 깊어질까 봐 늘 스스로의 상태를 눈여겨봐야 한다. 피곤하면 행동이 느려지고 무언가가 잘 기억나지 않는 등 몸의 기능이 떨어지는데 이게 그냥 피곤해서인지, 우울증 때문인지, 혹시 약 부작용은 아닌지 헷갈리기 때문이다. 여기에 더해 우울증에 대한 사람들의 반응과 마주해야 한다.

보편적인 반응 중 하나가 '조언'이다. 힘들어도 일어나서 운동을 하려고 해 봐, 취미 생활을 하는 게 좋대, 비타민이 부족한 거 아니야? 모두 나를 염려해서 하는 말이다. 하지만 우울증 환자는 그런 정보를 상대보다 더 많이 알고 있다. 알지만 도무지 실행으로 이어지지 않으니까 병이다. 오히려 조언을 들을 때마다 그 모든 걸 다 알면서도 실행하지 못하는 내가 한심하게 느껴진다. 이런 감정은 우울증 회복에 도움이 안 된다.

어쩌면 우울증이 '마음의 감기'라는 인식 때문에 사람들이 쉽게 조언하는지도 모르겠다. 우울증은 감기가 아니다. 감기처럼 쉽게 왔다가 가지 않는다. 감기는 목감기, 코감기 등 증상에 따라 처방이 뚜렷하지만 우울증에 좋다고 하는 운동, 취미 생활, 햇빛, 여행, 경제활동 등이 주는 효과는 우울증의 정도에 따라 또 사람마다 다 다르다. 우울증 환자는 이런 사실도 안다. 그래서 나와 우울증 친구들은 서로 조언을 잘 안 한다.

내게 조언을 자주 하는 사람은 엄마다. 엄마는 내가 우울증이라는 사실에 적지 않은 충격을 받았다. 가슴이 아린다고 했다. 내가 그런 조언은 도움은커녕 화만 난다고 수차례 말해도 저절로 조언이 입 밖으로 나온다고 했다. 엄마에게 이는 이성의 영역이 아닌 듯했다. 하지만 어떻게든 내게 도움이 되고

자 하는 엄마의 바람과는 달리 우울증이 심해졌을 때 나는 '엄마와 거리두기'를 실천했다.

"네가 우울증이라고? 멀쩡해 보이는데"라는 반응도 별로다. 우울증은 겉으로 잘 드러나지 않는다. 드러난다 해도 사람들이 모르는 경우가 많다. 우울증 발병 시기, 급격하게 살이 빠져 눈 밑이 퀭했는데도 내 우울증을 알아챈 사람은 없었다. 그냥 피곤한 사람처럼 보였을 것이다. 게다가 나는 잘 웃는다. 만성 우울증인 지금도 웃긴 걸 보면 빵빵 터진다. 그래서 멀쩡해 보인다는 말을 자주 들었다. 그리고 무엇보다 우울증도 아닌데 우울증이라고 하겠나. '니가 우울증이라고?'만큼 생각 없는 반응도 없다.

싫은 것도 참 많다 싶지만 "네가 뭐가 부족해서 우울증이야? 너 정도면 괜찮은데" 류의 말도 싫다. 나는 괜찮지 않아서 우울증에 걸린 게 아니다. '괜찮다'라는 말에는 여러 가지 의미가 있을 텐데 대화의 맥락상 나의 사회적, 경제적, 문화적 기반이 나쁘지 않다는 뜻을 갖고 있는 것 같다. 물론 이런 것들이 부족했을 때 우울증이 생길 수 있다. 하지만 대인 관계가 좋고 돈이 많은 사람도 우울증에 걸린다. 그런 사례는 무수히 많다.

설마 이런 것들이 위로의 말일까? 우울증 환자에게 우울증 같지 않다는 말, 부족한 게 없는 데 왜 우울증이냐는 말은 위로가 아니다. 이 말은 우울증의 스테레오 타입을 강화하며 그래서 당사자 입장에서는 스스로 우울증을 증명해야 할 것 같은 느낌을 들게 한다. 우울증은 특정 성격을 가진 사람만 걸리는 게 아니다. 세상에는 다양한 우울증 환자가 있다. 어쩌면 스테레오 타입에 속하는 사람이 더 적을지도 모른다.

그럼 어떤 반응을 원하느냐고? 나는 '별 반응 없는 반응'이 편하다. 아빠와 동생들이 대표적이다. 이들은 내가 우울하거나 우울하지 않거나에 크게 흔들리지 않는다. 내 감정에 따라 자신의 감정이 좌우되지 않는 것이다. 그래서 이들에게는 내 이야기를 꺼내기 쉽다. 아빠는 내가 우울해할 때면 의사도 아니면서, 심지어 나로 인해 우울증을 알게 됐으면서 "우울증은 원래 그런 것"이라고 말한다.

동생들도 비슷하다. 종일 침대에 누워 있다 보면 차례로 동생들이 내 방을 찾아온다. 이들은 내 방문을 열어보며 "하루 종일 집에 있었냐? 대단한데", "요즘 약은 잘 먹고 있어?", "저녁 안 먹었으면 같이 먹자" 등의 말 정도만 하고 각자 방으로 돌아간다. 죽고 싶다고 했을 때 동생은 "그럼 카드빚 땡겨서 나 벤츠 사준 다음에 죽어"라고 말해 나를 웃게 했다. 나는 꼭 그러겠다고 했다.

이런 반응이 무신경해보일 수도 있지만 내 입장에서는 내가 우울증이라고 해서 내 앞에서 불행한 이야기만 늘어놓는 사람이나 나를 너무도 염려해 우울증의 '우'자도 꺼내지 못하는 사람, 나의 모든 행동을 우울증과 연결시켜 과잉 해석하는 사람보다 훨씬 낫다. 오히려 그런 '배려'가 불편해 거리를 두게 된다. 우울증은 금기가 아니다. 나도 즐거운 이야기, 웃긴 이야기 좋아한다.

내 우울증이 걱정되고 염려된다면 우울증, 정신과, 약물, 상담 같은 단어를 사용해서 직접적으로 물어봐주는 편이 편하다. '마음의 감기' 같은 은유를 사용하는 일은 오히려 정신질환을 입 밖으로 꺼내기 어려운 것, 숨겨야 할 것으로 만든다. 우리가 한동안 생리를 생리라고 말하지 못하고 '그날'이라고 표현한 것처럼 말이다. 특히 자살 사고와 관련해서도 전문가들은 "죽고 싶다는 생각도 해?"라고 직접적으로 묻는 편을 권한다.

자주는 아니지만 위로받은 반응도 많다. 상대가 나의 아픔을 알아줄 때다. SNS에 우울증이라는 사실을 알렸을 때 한 친구는 "건강하게 살아요, 우리"라는 메시지와 함께 뮤지션 오지은의《익숙한 새벽 세 시》라는 책을 보내왔다. 책에는 우울증 이야기도 있었다. 내가 좋아하는 뮤지션이 우울증이라니, 우울증에 걸리는 게 엄청나게 나쁜 일은 아닌 것 같았다. 이는 내가 처음으로 읽은 우울증 관련 책이다.

동생은 같이 살면서도 굳이 장문의 메시지를 보내왔다. 동생은 'ㅠㅠ'를 남발하며 "언니, 그렇게 많이 아팠는지 몰랐어. 내가 몰라서 미안해"라고 했다. 내가 맨날 집에서 울고 있었는데 어떻게 모를 수 있나 싶었지만, 그 문자를 받고 코끝이 찡해지면서 콧물이 흘렀다. 동생은 "언니는 마음이 여려서 병에 걸린 거야. 마음을 좀 굳게 먹으라고!"라고 쏘아붙일 때도 있지만 "언냐~ 언냐~ 아프지마~"라며 나를 꼭 안아주기도 한다.

우울이 심했던 날, 당일에 친구와의 약속을 취소했다. 예의 없는 행동이었다. 하지만 도저히 일어날 수 없었다. 대차게 욕먹을 각오를 했다.

"아무개야, 나 일어나긴 했는데 귀찮아서 도저히 못 나가겠어……. 우리 다음에 봐도 될까?"

"그 느낌 RGRG. 대신 다음에 밥 사."

"서른넷에 RGRG가 뭐냐 ㅋㅋㅋㅋㅋㅋ."

약속은 취소했지만 친구의 반응 덕분에 그날 침대에서 일어날 기운이 생겼다. 그가 나의 힘듦을 알아주어 고마웠다.

이런 반응들은 그 자체로 위로였고 어쩌면 내가 괜찮은 사람일지 모른다는 착각으로 이어졌다. 내가 괜찮은 사람이 아니라면 사람들이 이렇게 다정할 리가 없지 않은가. 이렇게 좋은 사람들이 내 옆에 있을 리가 없어! 그러면 기분이 좋아져서 얼마간 잘 지낸다. 처음 병원을 찾을 때만 해도 나는 내가 이렇게 길게 우울을 앓을 거라고 생각하지 못했다. 우울증 환자로 살아갈 거라고는 더더욱 생각하지 못했다.

하지만 나는 그럭저럭 살고 있다. 아무리 약을 잘 복용하고 심리치료를 받아도 주변 사람들의 이런 다정함이 없었다면 그럭저럭이 아니라 엉망진창으로 살고 있었을 것이다. 귀여움이 세상을 구한다고들 한다. 맞다. 그리고 덧붙이고 싶다. 다정함이 세상을 구한다.

우울증 환자의 연애

그와 내가 서로 호감을 갖기 시작할 즈음, 나는 그에게 우울증 진단을 받았다고 말했다. 그는 약을 먹느냐고 물었다. 나는 하루에 두 번 약을 먹으며 격주로 정신과에 간다고 답했다. 우울증 때문에 나를 더 이상 만나지 않을 사람이라면 빨리 정리하는 편이 나았다. 아닌 척 하지만 누군가를 만날 때 우울증이 더욱 신경 쓰인다. 우울증 환자를 반가워하는 사람은 없으니까.

그는 고개를 끄덕였고 더 이상 묻지 않았다. '왜 더 안 묻지?'라는 마음이 들었지만 얼마 뒤 우리는 사귀었다. 나는 우울증을 관리하는 법을 알고 타인과 있을 때는 우울감이 심해도 내색하지 않으려 한다. 우울한 기분이 들면 그냥 피곤하다고만 말하고 집으로 간다. 시간이 지나면서 우울을 잘 숨기는 사람이 된 것이다. 그래서 그는 내가 우울해하는 모습을 보지 못했다.

그러다 함께 간 여행에서 우울감이 바닥을 쳤다. 여행지에서는 도망갈 집이 없었다. 그날은 아침부터 의욕이 없었다. 잠이라도 더 잘까 싶어 다시 누웠지만 잠도 안 왔다. 이불을 뒤집어쓰고 휴대전화를 만지작거렸다. 그는 내게 아프냐고 물었다. 나는 "아니, 아프지는 않은데 우울감이 심해. 이유는 나도 몰라"라고 답했다. 여전히 이불을 뒤집어쓴 채였다. 더 이상 말 걸지 말라는 뜻이었다.

다음 날 나는 미안하다는 말로 우울증에 대한 이야기를 꺼냈다. 그는 내 상태를 볼 수 있어서 '다행'이라고 했다. 괜찮다고는 할 줄 알았지만 다행이라는 단어는 의외였다.

"니 우울증이 어떤 상태인지 전혀 감이 안 왔는데 이제 대충 알 거 같아. 내가 뭘 할 수 있을지 좀 생각해볼게."

나는 어떤 표정을 지어야 할지 몰라 일부러 크게 웃었다.

우울증 환자도 연애를 한다. 우울하기 때문에 더 의지할 사람이 필요한 건지도 모르겠다. 나는 우울증 진단을 받은 이후 두 명을 만났고 지금 세 번째 사람을 만나고 있다.

첫 번째 상대와는 우울증 진단을 받았을 때 만나 네 번째 병원으로 옮길 때 헤어졌다. 그때 나는 안정되지 않은 상태였고 몸도 정신도 많이 힘들었다. 그리고 상대는 우울증에 대한 이해도가 낮은 사람이었다.

당시 나는 사소한 일로도 우울하고 불안했다. '사소한 일'을 만들지 않기 위해 나는 무조건 상대에게 맞췄다. 내 취향은 포기하고 상대가 좋아하는 음악을 들었고 정치적 견해가 달랐던 적도 있지만 어느 수준 이상으로는 반박하지 않았다. 심지어 내가 고기를 먹지 않아서 헤어지게 될지도 모른다고 생각했다. 결국 나는 그와 사귀던 중에 채식을 중단했다. 뇌는 익숙한 감정을 쫓는다. 불안은 불안을 부르고 우울은 우울을 불렀다. 작은 눈덩이가 언덕을 굴러 내려가면서 커지듯이 우울과 불안도 그랬다.

그는 나의 이런 상태를 이해하지 못했다. 그는 내게 자신을 사랑하냐고 물었다. 사랑한다고 답하면 사랑하는 사람이 곁에 있는데 어떻게 우울하냐고, 어떻게 죽고 싶다는 생각을 하냐고 되물었다. 질문의 형태를 취하고 있었지만 마치 거짓말 말라는 얘기로 들렸다. 사랑은 우울감을 떨어뜨리는 데 효과적인 감정이다. 하지만 그건 우울'감'의 문제지 '병'을 낫게 해주진 않는다. 그런 질문을 하는 상대야말로 무례하고 나를 배려하지 않는 것 같아 답답함을 넘어 화가 났다.

사랑이라는 감정과 마찬가지로 사랑하는 존재도 우울증 극복에 도움이 된다. 하지만 그렇다고 우울증이 낫는 건 아니다. 허리 디스크를 앓는 사람이 사랑에 빠진다고 해서 통증이 사라지고 아픈 허리가 싹 낫는 게 아니듯이. 나는 그에게 이런 설명을 수십 번 했다. 시간이 지나면서 그는 내 상태를 이해한다고 말했다.

하지만 여러 이유로 우리는 이미 지쳐갔다. 그는 내게 잠시 헤어졌다가 우울증이 나으면 다시 만나자고 말했다. 그와 헤어지는 게 무서웠던 나는 그에게 앞으로 우울해하지 않을 것이며 병원도 곧 그만 다닐 것이고 약도 차차 줄여나가겠다고 약속했다. 사실 말도 안 되는 약속이었다. 얼마 뒤 그에게 헤어짐을 통보받았다.

두 번째 상대와 나는 심리치료, 정신 질환 등의 키워드로 가까워졌다. 그 역시 심리치료를 받은 적이 있다고 했다. 기본적으로 우울증, 불안장애, 약 부작용, 정신과와 심리 상담의 차이 등을 알고 있는 사람이었다. 우울증을 설명하는 데 사용했던 에너지를 다른 곳에 쓸 수 있었다. 정신 질환을 앓는 사람끼리의 연애도 괜찮다 싶었다.

하지만 그 사람과의 연애는 한마디로 요약하면 '대환장 파티'였다. 불안장애를 앓던 상대는 힘든 일이 생기면 연락이 끊겼다. 힘든 일이라는 건 나와의 관계만이 아니었다. 그는 일이 힘들거나 반려동물이 아프거나 등등 다양한 이유로 잠수를 탔다. 나는 연인 사이에 통보 없이 3일 이상 연락이 닿지 않으면 헤어졌다고 생각한다. 상대가 처음으로 3일 동안 연락이 되지 않았을 때 나는 그 관계가 끝났다고 생각했다.

며칠 뒤 그는 멀쩡한 모습으로 돌아왔다. 어이없는 표정의 나를 보고 그가 더 어이없다는 표정을 지었다.

"우울증 환자끼리, 불안장애를 가진 사람끼리 이 정도는 이해할 수 있지 않아? 너라면 내가 왜 잠수를 탈 수밖에 없었는지 말 안 해도 알 줄 알았어."

그런 손쉬운 일반화가 어디 있을까. 그건 우울증의 문제가 아니라 예의가 없는 것이며 그 예의가 귀찮다면 게으른 것이다.

아이러니하게도 상대는 나의 부재는 몇 시간도 견디지 못했다. 그에게 알리지 않고 마사지를 받으러 간 적이 있었다. 마사지가 끝나고 탈의실에서 휴대전화를 꺼냈다. 그에게 부재중 전화가 70통이나 와 있었다. 순간 교통사고나 응급실 같은 이미지가 떠올랐다. 마사지로 풀어놓은 어깨 근육에 다시 힘이 들어갔다. 큰일이 났구나 싶었다. 그런데 오히려 상대가 내게 왜 이렇게 연락이 안 되느냐며 화를 냈다.

처음에는 그게 그가 사랑하는 방식이라고 생각했다. 전화를 70통이나 하는 일, 내가 언제 페이스북에 접속했는지 수시로 확인하는 일, 페이스북에 접속할 시간은 있으면서 왜 자기에게는 연락하지 않았는지 묻는 일. 상식적이지 않은 행동이었지만 나를 좋아해서 그런 거라고 스스로 합리화했다. 하지만 그는 그냥 불안해서 그런 거였다. 우리는 서로의 불안에 부지런히 물을 주고 영양을 공급하며 관계를 지속했다. 짧은 연애를 통해 불안한 사람 두 명이 만나면 그 끝은 결국 파국이라는 사실을 배웠다.

상처 없는 관계는 존재하지 않는다. 상처 없는 연애는 가짜다. 누가 그랬다. 혼자는 지루한 천국이고 연애는 재미난 지옥이라고. 아프지 않은 사람도 그러한데 예민하고 불안하고 우울한 이들의 연애는 어떻겠는가. 어떨 땐 롤러코스터도 이보다 덜하겠다 싶다. 성격이 무던한 사람을 만나면 좀 낫지만 그래도 힘들 때가 많다. 기쁨은 찰나인데 반해 스스로를 괴롭히는 건 습관이니까.

그럼에도 나는 연애를 해왔고 앞으로도 누군가를 만나고 알아갈 것이다. 내 우울증을 이해하지 못했던 사람, 함께 대환장 파티를 열었던 사람, 지금 만나는 사람. 덕분에 나의 세계는 조금 넓어졌고 그 세계에서 나는 더 나다워질 수 있었다. 죽기 전에 남자 100명은 만나야 한다는 할머니의 말은 진짜

였다. 무엇보다 아직은 지루한 천국보다는 재미난 지옥에서 살고 싶다.

나는 왜 연애에 목맸을까

늦은 밤, 헤어진 사람에게서 전화가 걸려왔다. 헤어진 지 넉 달이 지났을 때였다.

"너 그 사이에 연애하냐? 하여간 남자는 참 잘 만나요."

사실 나는 만나는 사람이 없었다. 여자 친구가 있다는 상대의 말에 지기 싫어서 둘러댔는데 그 화살이 나를 향했다. 술 취한 자의 헛소리라고 넘겨야 했지만 그러지 못했다. 가끔 그 말이 떠올랐고 연애 없이 못 사는 사람처럼 여겨진 것 같아 불쾌했다.

어쩌면 헛소리가 아닌 사실이어서 그랬을 것이다. 내가

끊임없이 연애를 하는 건 사실이니까. 내 연애는 대체로 가볍게 시작된다. 딱히 마음이 가지 않아도 나를 좋아하는 사람은 일단 만나고 본다. 상대를 향한 내 마음보다 나를 향한 상대의 마음이 더 클 때, 연애를 시작하면 상대는 내가 어떤 행동을 해도 좋아해주었다. 나는 그 느낌을 좋아한다. 딱히 뭘 하지 않아도 나라는 존재 자체가 가치 있다는 기분이 들어서다.

그래서일까. 나는 잘 헤어지지 못했다. 상대가 나를 좋아해서 만나게 됐는데 나중에는 내가 매달리는 꼴이 되곤 했다. 혹은 헤어지고 싶지만 상대가 주는 애정 때문에 관계를 연명했다. 애정의 크기는 처음보다 줄었지만 그거라도 받고 싶었다. 헤어지면 아무것도 못 받으니까. 심지어 상대에게 가스라이팅을 당하고 있다는 걸 알면서도, 상대가 내게 잘해주는 면도 있다는 이유로 헤어지지 못했다.

힘겹게 헤어지고도 몇 달 후에는 자연스레 새로운 관계를 탐색했다. 소개팅을 하고 모임에서 누군가를 눈여겨봤다. 온라인 데이트 사이트에 자기소개를 올린 적도 있다. 신상이 드러날까 봐 지역과 직업은 거짓으로 썼다.

우울증 진단을 받고 나서도 이런 연애 태도는 크게 달라지지 않았다. 우울증 초기에는 연애가 도움은커녕 증상을 악화시켰음에도 몇 달 지나지 않아 나는 새로운 연애를 시작했다. 이런 식의 연애가 반복됐고 우울증은 나아지지 않았다. 오히려 연인과 헤어지면 상태가 좋아지곤 했다. 나는 왜 그렇게 연애에 목을 맸을까?

《자존감 수업》의 저자 윤홍균 정신과전문의에 따르면 자존감에는 세 가지 기본 축이 있다. 자기효능감, 자기 조절감, 자기 안전감이다. "자기효능감이란 자신이 얼마나 쓸모 있는 사람인지 느끼는 것을 의미한다. 그리고 자존감을 얻기 위해서는 자신이 사회에 필요한 존재라는 믿음이 있어야 한다"고 언급한다. '쓸모'와 '필요'라는 단어가 내게 박혔다. 애인에게 받는 애정이 나를 쓸모 있게 만들어준다고 느꼈던 것이다.

내게 연애는 나의 쓸모를 확인하는 일이었다. 돌아보면 연애에서 가장 좋았던 순간은 상대를 돌보거나 상대가 나를 돌봐줄 때였다. 상대가 목감기에 걸리면 직접 배를 달여서 즙을 냈다. 상대가 이직을 준비할 때는 도와달라고 하지도 않았는데 알아서 자기소개서를 첨삭하겠다고 나섰다. 네 덕분에 감기 나았다, 네 덕분에 이직했다는 말이 뿌듯했다. 내가 누군가에게 필요한 존재구나. 반대도 마찬가지다. 내가 아프다고 와주는 사람이 있구나.

하지만 자존감은 그런 식으로 찾아지는 것이 아니었다. 그렇게 해서 자존감이 찾아졌으면 나는 자존감 왕까지는 아니더라도 귀족 정도는 되었어야 하지 않을까. 연애를 하니까 나의 쓸모를 확인할 수 있어서 좋았는데 그런 이유로 관계를 시작하고, 또 끝내는 걸 잘 못하다 보니 거기 매어버렸다. 언젠가부터 나는 (일과) 연애에서만 자존감을 찾고 있었다. 그리고 자존감은 더 낮아졌다. 낮은 자존감은 우울증 회복에 도움이 안 된다. 자존감이 낮은 사람일수록 자신의 가치를 평가 절하하고 남의 말에 잘 휘둘리는 경향이 있다.

짧게 만났던 사람이 있다. 요리를 잘했던 그는 가끔 저녁 식사에 나를 초대했다. 어느 날 그의 초대에 나는 "나 생리해서 섹스 못해"라고 답했다. 그는 내가 나 자신과 그, 그리고 우리 관계를 모욕했다며 화를 냈다. 돌이켜보면 그는 한 번도 나를 가볍게 대하지 않았는데 나는 스스로 성적 도구화했다. 내 생각과 행동이 너무 부끄러웠다. 그는 다시는 나를 저녁 식사에 초대하지 않았다.

이렇게 바닥을 치고서야 내가 연애에 꽝이라는 사실과 이런 방식의 연애를 관둬야 한다는 것을 알았다. 연애로 자기 효능감을 확인할 수는 있지만 그게 연애의 가장 큰 이유가 되어서는 곤란했다. 이게 바뀌지 않는 한 누군가 나를 좋아하면 스스로 쓸모 있는 사람으로 느끼고 그렇지 않을 때는 별 가치 없는 사람으로 느끼는 악순환은 계속될 것이다. 이런 마음으로는 누구를 만나도 건강할 관계로 지낼 수 없다.

현실을 인정하고 나니 나의 쓸모를 확인할 수 있는 다른 방법과 관계가 보였다. 가령 캔들을 만드는 것이다. 말린 꽃을 단정하게 올린 잔잔한 향이 나는 캔들을 만들고 나면 기분이 좋아진다. 그리고 내가 좋아하는 사람들에게 캔들을 준다. 이 과정에서 두 번이나 나의 쓸모를 확인할 수 있다. 이렇게 예쁜 캔들을 내가 만들었다니! 그리고 내가 만든 걸 누군가 좋아해 주다니!

'사랑'이라는 단어도 다시 보였다. 그간 나는 이 단어에서 늘 연애 상대를 떠올렸는데 돌이켜보니 나는 다양한 이들과 사랑을 나누고 있었다. 가장 가깝게는 동거인인 동생들이다. 회사 일이나 인간관계로 힘들 때면 동생들에게 제일 먼저 알려 조언을 구했고 그들의 조언대로 했다. 우울증으로 죽고 싶다는 생각이 들었을 때, 가장 먼저 알린 사람도 막냇동생이다. 우리가 주고받는 다정한 말과 행동은 늘 그곳에 있어서 알지 못했을 뿐이다.

일과 관련해서는 스스로에게 부여한 기대치를 낮춰 자존감을 올리는 방법을 택했다. 이전에는 모든 기사가 그야말로 '내 새끼' 같아서 기사에 집착했는데 지금은 한 달에 하나, 내 마음에 드는 기사를 쓰는 것이 목표다. 전에 매일 마음에 드는 기사를 쓰기 위해 애썼던 것을 생각하면 기대치를 20분의 1로 낮춘 것이다. 이 방법은 상당히 도움이 된다.

일, 연애, 가족, 취미. 이렇게 자존감을 찾을 수 있는 근원을 여러 개 만들면 하나가 무너지더라도 다른 것이 든든히 버텨준다. 헤어지는 일이 무서워서 사랑하지도 않는 사람에게 매달리는 짓도 하지 않는다. 일이 잘 안 풀릴 때는 연인이나 친구와 이야기하면 되고 관계가 힘들 땐 일에 집중하면 된다. 모든 게 엉망이라면 집에 처박혀 캔들을 만들면 된다. 취미가 이토록 중요하다는 것을 전에는 몰랐다.

그리고 이제는 꼭 캔들이 아니어도 내가 주변 사람들에게 필요한 존재임을 안다. 그냥 그렇게 믿기로 했다. 이 믿음은 내 자존감이 이전보다는 나아졌다는 증거다. 예전에는 누군가에게 버림받을까 봐 마음을 졸이며 불안했는데 확실히 지금은 덜하다. 그래서인지 관계에도 조금 여유가 생겼다. 진부한 말이지만 혼자 잘 설 수 있는 사람이 타인과도 잘 설 수 있다. 그리고 나는 이전보다 조금 더 혼자 잘 설 수 있는 사람이 되었다.

수면제를 모았다

한국은 국민 10명 중에 2명이 살면서 한 번쯤 자살을 생각하는 나라다. 보건복지부의 '2018 자살 실태 조사'에 따르면 자살을 생각하거나 실행에 옮겨본 사례는 18.5퍼센트다. 2013년에 발표된 실태 조사 결과에서는 자살을 생각하거나 실행에 옮겨본 사례가 22.8퍼센트로 나타났다. 보건복지부는 5년마다 전국 단위의 실태 조사를 하고 있다.

사람들은 보통 '우울증에 걸리면 죽고 싶어 한다'고 생각한다. 모두 그런 것은 아니지만, 대체로 그렇다. 나도 사라지고 싶은 마음이 강했고 자살 충동에 시달리는 우울증 친구도 여럿이다. 이는 수치로도 증명된다. 보건복지부 산하 중앙심리부검센터에서 2015년부터 2018년까지 4년간 심리 부검을 토대로 자살 사망자 391명을 조사한 결과, 이 중 84.5퍼센트에게 정신 건강 문제가 있었을 것으로 파악됐다. 심리 부검은 사망자가 남긴 글이나 지인과의 면담 등을 통해 자살에 이르기까지의 행적과 심리 상태를 파악하는 작업이다.

우울증 초기, 죽고 싶다는 생각은 들지 않았다. 죽음을 생각하거나 계획할 에너지가 없었다. 무언가를 생각하는 행위에는 만만찮은 에너지가 필요하다. 그래서 애초에 세상에 없던 존재이고 싶었다. 뿅하고 사라졌으면 했다. 모두가 나의 부재를 모르고 그래서 누구도 어떤 감정도 가지지 않았으면 했다. 누군가 슬퍼할 거라는 사실이 마음에 걸려서가 아니다. 그저 누구에게도 피해를 주고 싶지 않았다.

나는 약물의 효과를 꽤 봤다. 몇 달간 약을 복용하니 일상생활이 가능해졌다. 못 먹고 못 자고, 생각이 버벅거리던 발병 초기에 비해 어느 정도 에너지가 쌓인 것이다. 아이러니하게도 그 즈음 죽고 싶다는 생각이 고개를 들었다. 이 세계에서 내가 뿅하고 사라지는 일은 일어나지 않았고 앞으로도 일어나지 않을 것이기에 죽어야겠다고 생각했다. 죽었으면 했다.

어떻게 죽을 것인가. 고통 없이 죽고 싶었다. 자다가 수면무호흡증으로 죽으면 좋을 것 같았다. 아니면 기절한 다음 일어나지 못하거나. 나는 미주신경성실신이라는 증상을 가지고 있다. 극심한 신체적, 정신적 긴장으로 혈압이 낮아지면서 뇌로 가는 혈류량이 감소해 일시적으로 정신을 잃는 것이다. 여기에 기대를 걸었으나 이 증상으로 사망에 이르는 경우는 없다고 한다.

그래, 죽으려면 약간의 고통은 감수해야지. 이후에는 사고사를 바랐다. 빠른 속도로 달리는 차를 보면 누가 뒤에서 나를 밀어주길 바랐다. 신호등 끝, 그러니까 도로와 가장 가까운 인도에 서곤 했다. 손만 닿아도 툭 넘어질 수 있게. 기차를 탈 때면 탈선 사고를 생각했다. 전복된 기차에서는 아프지 않게 죽을 수 있을까. 어딘가 부러지고 찢어지기만 하고 안 죽으면 어쩌지.

물론 그런 일도 일어나지 않았다. 자살을 생각했다. 투신? 나는 고소공포증이 있다. 손목 긋기? 피를 무서워한다. 한 언론사에서 인턴 기자를 할 때 일이다. 의학전문기자 선배와 서울에 있는 한 종합병원에서 위암 수술을 참관했다. 수술실에는 비릿한 냄새가 났다. 한 5분 정도 수술을 지켜보던 나는 어느 순간 정신을 잃었다. 이후 그 언론사에서 수술 참관은 없어졌다.

정신과에서 받은 약이 많았다. 비상시를 위해 받아온 항불안제와 추가 수면제다. 약을 모아둔 빨간 쇠통을 열었다. 원래 사탕이 있던 통이다. 확실히 50알은 넘어보였다. 약이 떨어지면 불안하니까 비상약을 꼬박꼬박 받아온 게 그렇게 모였다. 정신과에서는 한꺼번에 그 정도로 많은 약을 처방하지 않는다. 자살 사고의 위험이 있는 사람에게는 특히 그렇다. 나는 자살 사고의 위험이 없었기에 여분 약을 계속 받을 수 있었다.

검색을 시작했다. 50알 정도면 죽기에 부족함이 없다고 하는 사람도 있고 아니라는 사람도 있었다. 정신과 약 중에 심장 박동을 느리게 하는 약은 다른 약보다 성공률이 높다고 했다. 처방약이 아니라 약국에서 파는 약으로 자살을 시도하는 사람도 있었다. 구토를 방지하는 약을 먹으라는 '팁'도 있었다. 암 환자들이 먹는 약이라고 했다. 낫기 위해 먹는 약과 죽기 위해 먹는 약이 같다니. 알 수 없는 기분이 들었다.

신기하게도 이런 몇 가지 정보를 알고 나니 마음이 편해졌다. 내가 이상한가 싶었는데 주변도 비슷했다. 계획을 넘어 자살 시도까지 갔던 친구는 이렇게 말했다.

"목을 맸는데 이러다 정말 죽겠다는 생각이 들었어. 그런데 그 순간 마음이 편해지는 거야. 내가 원하면 언제든지 죽을 수 있잖아."

친구는 그 사실을 '체감'한 이후 오히려 살아갈 마음이 생겼다고 했다. 힘들면, 사는 걸 관두면 되니까.

죽음 직전의 순간에 살아갈 의지가 생겼다고 말하는 이들이 있다. 이렇게 죽을 수는 없지, 죽을 용기로 살아가야지 하는 류의 말이다. 공감할 수 없었다. 하지만 친구의 말에는 공감이 갔다. 끝은 안 보이고 벗어날 수도 없다고 생각했던 레이스에서 언제든 이탈할 수 있음을 알게 되는 것. 어떤 기분인지 알 듯했다. 우울이 심할 때면 남들은 마른 바닥에서 뛰는데 나만 진흙탕 속에서 허우적대는 기분이다. 허우적댈수록 앞으로 나아가기는커녕 아래로 가라앉는다. 레이스에서 이탈하고 싶을 수밖에.

나는 힘들 때면 비상약과 수면제가 담긴 통을 열었다. 하얀색, 하늘색, 옅은 주황색 약들이 예쁘게 섞여 있었다. 그걸 보고 있으면 마음이 편해졌다. 원하면 언제든 관둘 수 있다. 의사에게는 계속해서 비상약과 추가 수면제가 필요하다고 말했다. 약은 더 많아졌다. 유서 비슷한 것도 썼다. 욱해서 죽었다는 인상을 주지 싶지 않아 퇴고를 거듭했다. 지금은 내가 뭐라고 썼는지 기억도 안 난다. '유서'라는 단어를 쓰지 않은 건 확실하다.

내 자살 생각의 끝은 시시했다. 정신과와 상담에서 내 상태를 말했다. 의사는 더 이상 비상약을 주지 않았다. 심지어 당시 나는 기분이 약간 좋기까지 한 상태여서 동생에게 내 생각을 털어놨다. 동생은 놀라지도 않고 "약 어디 있어?"라고 말하고는 약을 가져갔다. 중앙심리부검센터 조사에 따르면 자살하는 사람 절반가량이 실행 전에 '살고 싶다'는 신호를 보낸다고 한다. 나도 죽고 싶지 않아서 '아주 직접적'인 신호를 보낸 건가?

사람들은 자살을 두고 생명을 소중하게 여기지 않는 태도라고 생각한다. 순간의 잘못된 선택, 극단적인 선택이라고 한다. 인생을 너무 쉽게 포기한다고. 마음만 먹으면 행복하게 살 수 있는데 가진 게 많으면서 왜 죽느냐고. 가족 가슴에 대못을 박았다고. 그동안 나는 그런 말들에 동의하지 않았지만 반박할 수도 없었다. 그 죽음에 대해 아는 바가 없으므로. 지금도 말을 보탤 수는 없다. 하지만 질문 정도는 던질 수 있게 됐다.

우울증을 앓게 되면서 비로소 죽음을 생각하는 이들의 목소리가 들렸다. 나 역시 죽음을 생각하던 몇 달이 있었기 때문이다. 자살은 한순간의 선택으로, 극단적으로 일어나지 않는다. 오랜 우울 속에서 '진행'된다. 실제 자살은 자살 생각, 자살 계획, 자살 시도 3단계로 거쳐 일어나게 된다고 한다. 그러다 시도로까지 이어지냐 아니냐의 차이일 뿐. 친구는 "우울증은 핸드폰을 잃어버렸는데 죽고 싶어지는 병"이라고 말했다. 오랜 우울 속에서는 핸드폰 분실이 자살의 '트리거'가 되기도 한다.

자살하려는 이들은 생명이나 일상을 하찮게 여기지 않는다. 오히려 반대에 가깝다는 이야기도 많다. 우울증을 겪는 이들 상당수가 자신에 대한 기대치가 높다는 것은 이미 많은 연구 결과에서 나타났다. 기대치와 현실 사이 간극이 좌절을 불러일으킨다는 주장이다. 누가 봐도 도덕적인 삶을 사는 친구는 '더 이상 죄를 저지르고 싶지 않아' 죽음을 생각한다. 그가 스스로에게 부여한 기준이나 기대치를 나는 상상조차 할 수 없다.

《인간실격》을 쓴 일본 소설가 다자이 오사무는 첫 번째 유서에 "소설을 쓰기가 싫어져서 죽습니다"라고 썼다. 그에게 소설을 못 쓰는 삶은 삶이 아니었던 거다. 내가 좋아하는 시인 이제니의 시 〈마지막은 왼손으로〉에는 이런 구절이 있다. "나는 나로 살기 위해서 이제 그만 죽기로 하였다."

나에게 질문해본다. 나는 그보다 삶을 더 대단하게, 일상을 더 소중하게 여기고 있을까. 그래서 이제는 죽음을 생각하지 않는 걸까. 삶에 대한 애착과 죽음을 생각하는 마음은 얼마만큼의 거리일까?

Tip 9

자살 사고를 알아차리고 돕는 법

정신 질환은 자살을 일으키는 가장 치명적인 요인이다. 중앙자살예방센터 자료에 따르면 2018년 자살 사망자 중 정신과적 문제가 원인이 된 경우는 31.6퍼센트로 1위다. 경제적인 문제가 25.7퍼센트, 육체적 질병 문제가 18.4퍼센트로 뒤를 이었다.

여러 문제로 힘들어하면서도 정신과를 찾지 않는 사람이 많다는 점을 고려하면 정신 질환이 자살로 이어지는 비율은 더 높을 것으로 추정된다. 실제 보건복지부 산하 중앙심리부검센터에서 2015년부터 2018년까지 4년간 심리 부검을 토대로 자살 사망자 391명을 조사한 결과, 84.5퍼센트에게 정신 건강 문제가 있었을 것으로 파악됐다.

자살은 꺼내기 쉽지 않은 주제다. 그럼에도 자살에 대해 직접적으로 이야기해야 한다. 자살을 막는 효과적인 방법 중 하나이기 때문이다. 그리고 조금만 관심을 가지면 자살을 생각하거나 시도하려는 사람이 보내는 '신호'를 알 수 있다. 중앙심리부검센터 조사 결과에 따르면 자살 사망자 10명 중 9명이 사전에 신호를 보냈다.

조사 결과에 따르면 신호는 언어, 행동, 정서 세 가지 측면에서 나타난다. 가장 명확한 것은 언어적 신호다. 나 없어도 건강하게 잘 지내, 엄마 잘 돌봐줘, 모든 걸 끝내고 싶다, 차라리 내가 사라지는 게 낫겠다 같은 말을 주변에 하는 것이다. 요즘에는 SNS에 이런 언어적 신호를 올리는 사람도 많다. 행동적 신호는 물건을 처분하거나 떨어져 사는 가족을 오랜만에 찾는 것 등이고, 정서적 신호에는 무기력, 대인 기피 등이 속한다.

가족이나 친구가 우울증을 앓고 있다면 이런 신호를 그냥 넘겨서는 안 된다. 일단 다 들은 다음 혹시 자살하고 싶은 마음인지 직접 물어보자. "자살 같은 것도 생각하고 있어?" 이런 식으로.

이때 위로를 한답시고 죽을 용기가 있으면 그 용기로 살라거나, 누구나 다 그렇다거나, 모든 게 다 잘 될 거라는 식의 말은 안 하는 게 낫다. 위로는커녕 '니가 뭘 알아?'라는 반발심과 더불어 '역시 나를 이해하는 사람은 없다'는 고립감만 유발할 수 있다.

김선희 전문의는 "자살을 생각하는 사람들은 감추지 않는다. 계속 신호를 보낸다. 조금만 관심을 가지면 티가 난다"며 "이때 직접적으로 자살을 언급하는 게 제일 낫다. 회피하면 안 된다. 그래야 당사자는 상대가 나를 잘 알고 있고 나에게 공감하고 있다고 생각한다. 그 다음에 어떻게 도우면 좋을지 물어보는 것도 괜찮다"고 말했다.

장창현 전문의도 "들어주는 게 우선이고 상황이 심각하다면 '내가 너를 돕는 데 한계가 있으니 믿을 만한 곳에서 도움을 받아보자'고 정신과나 심리 상담소를 권유할 수 있다"고 말했다.

특히 자살 계획을 세웠거나 이전에 자살을 시도했던 사람에게는 더 관심을 기울여야 한다. 자살을 시도한 사람은 다시 자살을 시도할 확률이 높다. 보건복지부 2014년 '자살 실태 조사'에 따르면 이전에 자살을 시도했던 사람의 자살률은 그렇지 않은 사람의 25배에 이른다.

장창현 전문의는 "자살 시도가 반복되면 당사자는 자신이 마치 양치기 소년이 된 것처럼 느낄 수 있다"며 "하지만 반복된다고 해서 자살 신호가 거짓은 아니다. 시도를 반복하다가 자칫하면 사망으로 이어질 수 있다. 그 무게감에 주의를 기울여야 한다"고 말했다.

이런 방법(듣고 묻기)이 효과가 있을까. 자살 시도를 했던 친구에게 물었다. 나는 그의 자살 시도를 알게 된 이후 자주 요즘도 자살을 생각하는지, 어차피 죽을 거라면 하고 싶은 거 다 하고 죽으라고, 너 죽으면 나는 친구 없어져서 슬플 거라고 말하곤 했다. 그는 우울할 때는 내가 귀찮았다고 했다. '대답할 힘도 없는데 얘는 왜 계속 묻는 거야…….' 하지만 가끔 그 귀찮은 순간이 떠올랐다고 했다. '걔가 죽지 말라고 했었지.' 지극히 개인적인 경험일지 몰라도 효과가 나쁘진 않은 것 같다.

입원도 효과적인 방법이다. 정신과에서는 심각한 자살 사고가 있는 사람을 '응급'으로 보고 입원을 권유한다. 외래는 잦아야 일주일에 한두 번이지만 입원은 매일 의사를 만날 수 있고 규칙적인 생활도 할 수 있어서다. 김선희 전문의는 "낮에는 일반적인 입원 절차를 거치면 되고 밤에도 응급 입원이 가능하니 자살 사고가 심각하다면 속는 셈치고 꼭 전문가의 도움을 받길 바란다"고 당부했다.

힐링 서적이 말하지 않는 것들

고민에서 벗어나는 법

외로움을 극복하는 법

화 안내고 지혜로운 삶을 사는 방법

힐링으로 유명한 한 스님의 유튜브 영상 제목이다. 요즘 시대에 이런 밋밋한 제목의 영상을 누가 보나 싶었는데 조회 수가 각각 100만 회에 가깝다. '고민에서 벗어나는 법' 영상을 클릭했다. 44분짜리 영상이었는데 스님이 "지금 힘든 것은 지나가는 구름입니다. 조금만 힘내세요"라고 말하는 부분까지

(2분 38초) 보다가 껐다. 벗어날 수 있으면 고민이 아니다. 외로움은 극복되지 않는다. 몸으로 겪어낼 뿐이다.

내가 처음 읽은 힐링 서적은 김난도 교수의《아프니까 청춘이다》다. 이 책은 자기계발서가 범람하던 시기에 '위로와 공감'을 전면에 내세우며 베스트셀러가 됐다. 당시 대학 졸업을 앞두고 있는 내게 친구들은 걱정스러운 얼굴로 이 책을 권했다. 그도 그럴 것이 늦은 졸업에 학점은 4.5점 만점에 2점 후반대였다. 5년 만에 찾아간 지도 교수는 내 이름과 얼굴을 번갈아 보더니 "자네 중국 유학생인가?"라고 물었다. 교수님, 제 이름은 한글 이름인데요. 나는 국어국문학과였다.

《아프니까 청춘이다》에는 인생 시계 이야기가 나온다. 사람이 태어나서 죽을 때까지를 24시간에 비유한다면 24세는 오전 7시 12분이라는 내용이다. 나는 그 부분에 밑줄을 그었다. "하루로 따지면 나도 이제 겨우 7시 반 즈음이려나? 아직 한창이네. 그래, 서두르지 않아도 괜찮겠지."

하지만 잠시뿐이었다. 나의 7시 12분과 다른 사람의 7시 12분이 다르다는 것을 깨닫는 데는 오랜 시간이 걸리지 않았다. 졸업 후까지 취업 준비가 이어지자 서울에 있기가 어려웠다. 서울 자취 생활에는 돈이 많이 들었기 때문이다. 고향의 부모님 집에서 기생하는 편이 나았다. 그런데 그 지역에는 언론사 취업 스터디가 없어 혼자 취업 준비를 해야 했다. 저녁에는 아르바이트를 했다. 시간은 모두에게 공평하게 주어지지 않았다. 나는 돈 대신 시간을 쓰는 부류의 사람이었고 그 차이는 앞으로 더 큰 차이를 만들 것이 뻔했다. 내가 마주한 현실은 책이 알려준 인생 시계와는 다르게 흘러가고 있었다.

요즘 유행인 자존감이나 자아 관련 책에서도 비슷한 느낌을 받는다. 대형 서점에서 자존감을 다룬 베스트셀러 몇 권을 뒤적이다가 자신이 좋아하는 음식들로 접시를 채우듯 원하는 일들로 각자의 삶을 채워야 한다는 내용을 보고 '탁' 소리 나게 책을 덮은 적이 있다. 무책임하다는 생각에 화가 났다.

내가 좋아하는 일들로 삶을 채우기는커녕 내 접시 채우기도 쉽지 않은 세상이다. 좋아하는 음식으로 접시를 채우려면 내가 뭘 좋아하는지 알아야 한다. 그러려면 이것저것 먹어봐야 한다. 버터크림 케이크만 먹어온 사람이 먹어보지 않은 생크림 케이크를 좋아할 수 없다. 여기에는 시간과 돈은 물론이고 그 선택이 실패했을 때 감수할 수 있는 시간과 돈이 추가로 필요하다. 그래서 어떤 사람은 늘 하던 선택을 하고 그의 세계는 넓어지지 못한다.

긍정을 말하는 자기계발서, 힘든 마음을 토닥이는 힐링 서적, 행복과 마이웨이를 말하는 자존감 서적. 다른 것 같지만 다르지 않다. 복잡하고 바쁘게 돌아가는 세상에서 알아서 스스로 잘 관리하라는 메시지다. 성공을 위해 자신을 관리하고 위기가 찾아올 땐 잠시 쉬어가고, 그것도 안 되면 사소한 것에 행복을 느낄 수 있는 마음을 가지라고 한다. 모든 과정의 주체는 '나'고 그 '나'는 변화할 수 있는 존재이며 그래야만 한다. 여기에 나를 둘러싼 여러 맥락, 특히 사회구조적인 맥락은 생략돼 있다.

반면 우울증을 앓으면서 도움을 받은 책들이 있다. 같은 조언이라도 설득될 만한 논리나 정보가 있는 책이 좋았다.

예를 들어 다른 사람의 눈치를 보지 말라는 말보다 "문제는 이 세상의 구조가 우리의 인정욕구를 이용해서 우리를 착취한다는 겁니다. 여자는 다소곳하고 배려와 돌봄을 눈치 빠르게 잘해야 한다는 사회적 요구에 부응할 때 인정받죠"(이승욱, 《포기하는 용기》)라는 말에 고개를 끄덕였다. 눈치 안 보는 사람 되기가 왜 어려운지를 알려주었기 때문이다. '눈치'처럼 철저히 개인의 영역으로 보이는 것도 사실은 그렇지 않다.

걱정을 한다고 걱정이 해결되지 않는다는 조언보다 "불안이 높은 사람은 에너지가 금방 소진된다. 늘 최악의 경우를 생각하거나 부정적인 생각이 많다 보니 정신 에너지가 줄줄 샌다. 30대까지는 불안이 많아도 체력으로 버티지만 중년에 접어들면서 몸이 따라주지 않는다"(윤홍균, 《자존감 수업》)가 설득력 있다. 걱정은 아무것도 해결해주지 않는다는 말은 걱정을 멈추는 데 아무런 영향을 미치지 못했지만 '에너지 소모'라는 설명은 걱정을 하지 말아야 할 강력한 동기가 됐다.

감정적으로 도움이 됐던 것도 막연한 긍정이나 위로가 아니었다. 숨 가쁘게 돌아가는 업무 현장만 떠나면 우울증이 나을 거라고 생각했던 적이 있다. 스트레스를 덜 받긴 했지만 우울증이 낫지는 않았다. 한국을 벗어나면 좀 나아질까 싶어 훌쩍 여행을 떠나기도 했다. 남이 치워주는 깨끗한 방에서 남이 해주는 맛있는 밥을 먹고 지냈지만 나는 우울했다. 대체 뭘 어떻게 더 해야 할지 몰랐다.

그때 나를 잡아준 건 이런 문장들이었다.

"참으로 인간 세상은 살기 힘들다. 살기 힘들다는 생각이 심해지면 살기 편한 곳으로 옮기고 싶어진다. 어디로 옮겨도 살기 힘들다는 것을 깨달았을 때 시가 써지고 그림이 그려진다." (나쓰메 소세키, 《풀베개》)

"힘든 일 포기하고 떠난다고 자유롭지 않다. 그건 자유에 대한 환영이고 망상이다. 문제를 회피하고 도망가면 걸린 데서 또 걸린다. 아무런 상처도 주지 않고 좋기만 한 관계는 가짜이고 아무런 사건도 생기지 않은 무탈한 일상이 행복은 아니었다." (은유, 《싸울 때마다 투명해진다》)

나만 이런 게 아니구나. 여기서 다른 어딘가로 가는 게 정답은 아니겠구나. 나는 휴직을 연장하지 않고 회사로 돌아갔다. 때로는 주변의 설득보다 이런 문장이 내 마음을 더 흔든다.

우울증 겪으면서 늘 떠나지 않았던 질문은 '왜 살아야 하나'다. 인생이 아름답다는 말은 귓등으로도 들리지 않았다. 오히려 "우리는 그저 세상에 툭 던져진 존재이고 다만 살아 있기에 살아가는 것뿐이다. 점점 죽어가는 몸, 영원할 수 없는 관계, 불확실한 삶 속에서 어쩌면 눈물은 필수다. 독방에서 울 것인가 광야에서 울 것인가. 어디에서든 울어야 한다면 나는 광야를 선택할 것이다. 적어도 나처럼 울고 있는 누군가가 보이는 곳에서 함께 울고 싶다"(홍승은, 《당신이 계속 불편하면 좋겠습니다》)라는 말이 왜 살아야 할까라는 질문에 대한 답이 됐다. 나는 우주의 먼지 같은 존재지만, 누군가와 함께 울 수 있다면 나쁘지 않을 것 같았다. 그것이야말로 아름다운 광경일 것 같았다.

위로는 힐링 서적에서만 찾아지는 게 아니다. 내게 맞는 책이라면 어디서든 위로받을 수 있다. 그러기 위해서는 다양한 책을 읽어보는 수밖에 없다. 평화학자이자 여성학자인 정희진은 독서를 두고 '몸이 책을 통과하는 것이기에 어떤 책은 나를 다른 사람으로 만든다'고 했다. 우리 모두 그런 책을 만날 수 있기를. 그 과정에서 위로받을 수 있기를 바란다.

4

오늘도 우울증과 살고 있습니다

나는 만성 우울증이다

우울증 진단을 받은 지 1년이 넘어갈 때 즈음이었다. 이러다 만성 우울증이 될 수도 있겠다는 생각이 들었다. 당시 의사에게 왜 이렇게 오래 병원에 다녀야 하는지 물었다.

"하니 씨처럼 예민한 사람은 회복이 더딥니다. 만성기라 급성기처럼 힘들지는 않을 거예요."

'예민하다'의 사전적 의미는 '(사람이나 감각이) 뛰어나고 빠르다'다.

만성 우울증 진단 기준은 뭘까. 우울한 기분과 더불어 활력 저하, 불면이나 과다수면, 피로감, 자존감 저하, 집중력 감소, 의사결정 곤란 중 2가지 이상의 증상이 2년 이상 나타나면 '지속성 우울장애'다. 주요우울장애가 2년 이상 지속되면 지속성 우울장애로 진단명이 바뀐다.

만성 우울증 진단 기준은 놀랄 정도로 보편적인 증상들이다. 현대인, 특히 도시에 거주하는 직장인이라면 불면, 과다수면, 피로감, 낮은 자존감, 집중력 감소, 결정 곤란 중 두세 가지는 가지고 있지 않을까.

당연히 현대인 모두가 만성 우울증은 아니다. 만성 우울증인 사람의 경우, 사건에 대응하는 과정에서 그렇지 않은 사람과 차이를 보이는 것 같다. 나는 예상치 못한 일이나, 내가 감당하지 못하겠다는 생각이 들면 급격하게 무기력해지면서 우울에 빠진다. 바닥까지 내려갈 때도 있다. 그 바닥은 우울증을 겪지 않는 사람의 것과는 다른 깊이다. 그리고 바닥에 오래 머물수록, 겨우 회복된 일상이 무너질 확률이 높다.

나는 1년이라는 숫자에 얽매였다. 1년 미만은 '어쩌다' 우울증 정도로 여길 수 있지만, 1년이 넘어가면 빼도 박도 못할 것 같았다. 시간은 흐르는데 할 수 있는 것은 없었다. 반면 하지 말아야 할 것은 뚜렷했다. 1년이라는 생각에 갇혀 있지 않는 것이다. 하지만 나는 계속 그것에 대해 생각했다.

더 노력했어야 했다고 자책했다. 그렇지만 무언가를 새로 하기에는 너무 늦었다고 생각했다. 어차피 망했어. 일을 마치고 집에 돌아오자마자 침대에 누워 시간을 보냈다. 잠을 잔 것도 아닌데 10시, 11시가 됐다. 겨우 몸을 일으켜 샤워를 하는 내내 울었다. 딱히 이유는 없었는데 욕실에서 우는 내가 불쌍하고 그 상황이 짜증나서 더 울었다. 꼬박꼬박 병원에 가서 약물 치료하고, 비싼 돈 들여 심리치료받고, 각종 우울증 책까지 읽으면서 이겨내려 노력했는데 여전히 이런 상태라고? 어떻게 나한테 이럴 수 있냐고 우울증의 멱살이라도 잡고 흔들고 싶었다.

우울에 빠지면 더 우울한 생각만 한다. 1년을 넘기기 싫다는 생각 때문에 우울해졌는데 정작 우울이 깊어지니 그 생각은 나지도 않았다. 1년이든 10년이든 무슨 상관이람. 만사가 귀찮았다. 다들 행복을 위해 산다는데 나는 영원히 행복할 것 같지 않았다. 행복이 뭔지 감도 안 왔다. 나는 왜 사는 걸까? 사는 게 무의미하게 느껴졌다. 우울증 발병 때와 비슷한 질문과 감정이었다.

그래도 약물 치료와 더불어 심리치료를 받고 있어서 빠르게 도움을 받았다. 상담 선생님은 우울증은 시간에 비례해 회복되지 않는다며 물결 모양 그래프를 그려주었다. 선이 오르내렸지만 큰 흐름으로는 상승 곡선이었다. 오늘이 한 달 전보다 우울할 수는 있지만 다시 올라갈 거라고, 그러면 좀 편하게 지낼 수 있을 거라고 했다. '다시 올라갈 것이다.' 나는 그 말을 꽉 붙잡았다.

내 상황에 맞는 목표가 생기니 회복에 속도가 붙었다. 행복은 멀리 있는 단어였지만 '덜 우울한 상태'는 까치발을 하고 손을 뻗으면 닿을 수 있을 것 같았다. 이미 1년을 넘긴 시점이어서 그 숫자를 붙잡고 있는 게 의미가 없기도 했다. 우울증을 앓고 있는 기간보다는 이전보다 얼마나 나아졌는지를 떠올리고 앞으로 더 나아질 수 있다는 생각에 초점을 맞췄다. 항우울제와 항불안제를 조절한 것도 도움이 됐다.

지금은 그냥 만성 우울증이려니 하고 지낸다. 만성 우울증이어서 좋은 점이 있다면 우울 신호를 빨리 알아챈다는 것이다. 우울증 회복에 좋은 방법들이 내게도 그대로 적용되는 게 아니라는 것도 몸으로 겪어내며 배웠다. 나는 이전보다 더 빨리, 그리고 적절한 방식으로 우울에 대응할 수 있게 됐다. 수차례 우울의 곡선을 오르내린 덕이다.

요즘은 지금 상태에서 운동을 하면 활력이 생길지, 아니면 집에서 노는 게 나을지, 그것도 아니면 그냥 종일 자는 게 나을지 경험상 안다. 이전보다 합리화도 잘하게 됐다. '오늘 아무 것도 안 했네. 망했다'는 생각이 들 때면 '난 우울증이니까 괜찮아~'라고 스스로를 위로하며 더 논다. 약속에 늦어 택시를 탈 때면 '그래도 밖에 나온 게 어디야?'라고 위로한다. 어차피 합리화는 이러라고 있는 방어 체계다.

무엇보다 우울증과 함께 살면서 질문이 바뀌었다. 나는 왜 사는 걸까? 인생의 의미는 뭘까? 늘 나를 괴롭혔던 질문이다. 유튜브에서 '〈대화의 희열〉 인생의 의미 편'이라는 제목의 동영상을 보았다. 한 출연진은 "질문이 잘못된 것일 수 있다. '인생의 의미가 뭘까?'가 아니라 '내 인생에 어떤 의미를 부여

할까?'가 되어야 한다"고 말한다. 그 말을 보고 멍하게 있다가 한참 울었다.

'왜 사는 걸까?'라는 질문에는 답이 나오지 않는다. 우리가 설정한 작은 목표나 성취가 모여 인생을 구성하긴 하지만, 그 자체가 인생의 목적은 아니기 때문이다. 대학이나 직업, 결혼이나 돈은 우리가 인생을 '살아가게' 해준다. 거기서 오는 기쁨과 보람이 있다. 하지만 이게 인생의 목표가 될 수는 없다. 그걸 위해서 살아가는 사람은 없다. '왜 사는 걸까?'라는 질문을 두고 늘 힘들었던 이유다.

'내 인생에 어떤 의미를 부여할까'라는 질문이라면 답은 무궁무진하다. 내 삶에 부여하고 싶은 의미에 따라 선택과 행동을 결정하면 된다. 비슷한 맥락에서 요즘 나는 '어떤 사람으로 기억되고 싶은가'를 고민한다. 나는 '선한 사람'이 되고 싶다고 생각한다. '왜 사는 걸까?'라는 질문보다 덜 공허하고 덜 슬프다. '이러려고 사는 걸까?'라는 부정적인 생각으로도 이어지지 않는다.

이렇게 나도, 친구들도, 내가 모르는 누군가도 각자 인생에 무언가 의미를 부여하고, 그럭저럭 살아갔으면 좋겠다.

나를 끊임없이 살피는 일

나의 우울증 관리법 ①

상담 선생님과 주치의 모두에게 언제 우울증이 나을지 물은 적이 있다. 조금만 더 시간이 지나면 나을 거라는 희망적인 대답을 예상했다. 하지만 두 사람 모두 완치보다는 관리의 개념으로 생각하라고 답했다. 평생 이렇게 살아야 한다고? 매일 약을 먹고 매주 병원에 다니면서? 몇 초 정도 '아' 말고는 다른 말이 나오지 않았다.

하지만 생각해보니 내 몸의 다른 기능도 마찬가지였다. 한번 늘어난 발목 인대는 쉽게 회복되지 않기 때문에 가급적 운동화를 신는다. 환절기마다 비염을 걱정하며 알레르기 약을 챙긴다. 저혈압 때문에 내과에서는 짜거나 매운 음식을 의식적으로 챙겨 먹으라는 조언을 들었다. 나는 맵고 짠 음식을 진짜 싫어하고 운동화보다는 굽이 있는 신발이 좋다. 하지만 관리하지 않았다면 발목 인대는 진작 끊어졌을 것이며 저혈압 때문에 매일 어지러움을 느낄 것이다. 이렇게 생각하니 '완치보다는 관리의 개념'을 받아들일 수 있었다.

'완치보다는 관리'를 받아들이긴 했으나 앞길이 막막했다. 발목은 운동화로, 저혈압은 소금으로, 비염은 알레르기 약으로 관리하면 된다. 사람마다 증상은 조금씩 다르겠지만 관리 방법은 크게 다르지 않다.

우울증은 그렇지 않다. 사람마다 안전감, 편안함, 행복감 등을 느끼는 시간과 공간이 모두 다르기 때문에 관리 방법도 다를 수밖에 없다. 우울증을 관리하기 위해서는 나를 알아야 했다. 내가 무엇에 취약한지, 또 언제 어디서 안전하고 편안하게 느끼는지.

정신 건강 전문가 중에 운동이 우울증에 도움이 안 된다고 말하는 사람은 보지 못했다. PT가 좋다는 간증에 헬스장에서 PT를 끊었다. 그런데 PT 선생님이 하는 말이 죄다 마음에 안 들었다. 자기가 뭔데 나한테 명령이야. 왜 간섭이야. 몸이 안 좋아서 더 이상 운동을 못한다고 말하고 관뒀다. 그래, 나는 누가 강압적으로 시키는 걸 싫어하는 사람이었지. 돈 날리고 깨달았다.

어릴 때 좋아하던 자전거 타기로 종목을 바꿨다. 집 앞에는 중랑천이 있다. 그런데 한강이고 중랑천이고 왜 이렇게 사람이 많은지. 운동의 긍정적인 효과보다 공간에서 받는 스트레스가 더 컸다. 나는 사람이 많은 공간을 잘 버티지 못한다. 붐비는 공간에 있으면 에너지가 술술 샌다. 대형마트에서 장을 보다가 숨이 안 쉬어져서 얼른 집에 간 적이 여러 번이다. 그래서 자전거도 관뒀다.

무작정 아무 운동이나 하는 것은 내게 오히려 마이너스였다. 내게 맞는 운동을 찾아야 했다. 그렇게 해서 찾은 운동이 요가다. 요가 선생님은 늘 "무리하지 마세요. 본인이 할 수 있는 만큼만"이라고 한다. 그 말이 좋다. 내가 등산을 싫어하는 이유 중 하나가 중간에 관둘 수 없어서다. 심지어 오르는 걸 멈춰도 내려가는 일이 남아 있다. 그게 '무리'로 느껴진다. 요가는 그렇지 않다. 요가 수업 중에 동작이 힘들면 나는 양 발바닥을 붙이고 앉거나 온몸에 힘을 빼고 누워버린다. 그래도 아무도 뭐라고 하지 않는다.

요가를 하고 나면 뭐라도 했다는 사실이 뿌듯하다. 몸 곳곳이 당기는 느낌이 좋다. 요가도 제법 땀이 나는 운동이다. 땀 흘린 뒤에 맞는 바람은 미세먼지가 가득해도 상쾌하게 느껴진다. 요가원을 나설 때마다 나는 '아 좋다. 이 기분을 기억하자'고 스스로에게 조용히 말한다. 그래야 또 요가원에 갈 동력이 생긴다. 이 기분은 우울증 회복에 도움이 될 것이라고 믿는다.

실제로 몸을 움직이는 행위는 에너지와 활력을 줄 뿐더러 뇌도 건강하게 만든다. 몸을 움직이면 행복 호르몬으로 불리는 '세로토닌'이 분비된다는 것은 익히 알려진 사실이다. 《우울할 땐 뇌 과학》을 쓴 뇌 과학자 앨릭스 코브에 따르면 운동을 하면 '뇌유래신경영양인자'가 증가하는데 이는 뇌를 튼튼하게 만들고 우울증 등 여러 문제에 맞설 힘을 길러준다.

운동처럼 '해야 하는 것' 외에 평소 내가 행복을 느끼는 행위도 내 상태에 따라, 어떻게 구성하느냐에 따라 우울증에 도움이 되기도 했고 그렇지 않기도 했다. 내게는 여행이 그렇다. 오랫동안 여행은 내게 편안함, 행복감을 주는 행위였다.

지난 가을, 에너지가 소진되는 게 느껴졌다. 무기력이 자주 찾아왔고 작은 자극에도 흔들렸다. 어디론가 떠나고 싶었다. 남은 휴가를 끌어 모아 터키로 여행을 떠났다. 아시아와 유럽을 모두 느낄 수 있는 곳. 볼거리와 먹을거리가 가득한 곳. '죽기 전에 가봐야 할 10개 도시' 등에 항상 이름을 올리는 곳, 이스탄불.

하지만 휴식과 활력을 위해 떠난 그곳에서 나는 즐겁지 않았다. 볼거리가 많은 탓에 '봐야 한다'는 압박에 시달렸다. 아무것도 보지 못한 날에는 여행을 제대로 하지 못했다는 죄책감을 끌어안고 잠들었다. 그래서인지 이스탄불에서 해안의 작은 도시로 이동하던 날, 아쉬움보다는 안도감이 들었다.

관광지도 없고 맛집도 없는 작은 도시에 도착하자 마음이 편해졌다. 이제야 여행이 시작된 느낌이었다. 느지막하게 일어나 책과 수영복을 챙겨 해변으로 갔다가 다시 돌아오는 일을 반복하며 시간을 보냈다. 해변에서는 책을 읽거나 돌아다니며 색색의 조약돌을 주웠다. 그게 다였다.

그제야 내 상태에 따라 여행이 도움이 될 수도, 되지 않을 수도 있다는 주치의 말이 이해됐다. 고작 관광지 안(못) 봐서 죄책감이 드는 걸 누군가는 이해하지 못할 수 있다. 그런데 나는 그런 종류의 사람이다. 따라서 그에 맞게 여행지를 선택하고 구성하는 일이 중요했다.

하지만 안타깝게도 내게 맞는 일로만 일상을 채우는 것은 불가능하다. 원치 않아도 해야 하는 일이 더 많다. 출근을 위해 아침에 눈 뜨는 것부터 그렇다. 출근길 지하철은 단어 그대로 '헬'이고 일주일에 5일이나 일해야 하는 것도 마음에 안 든다. 무례한 사람은 많고 비극적인 사건은 하루가 멀게 터져서 마음이 아프다. 인간은 악하게 태어났고 그 때문에 다른 곳이 아니라 내가 사는 여기가 지옥인 것 같다는 생각을 한다.

우울증을 앓는 사람은 작은 자극에도 예민하게 반응하기 때문에 이런 환경에서 늘 몸을 살펴야 한다. 피곤한 일이다.

'이렇게까지 하면서 살아야 하나?'라는 질문이 드는 게 사실이다. 이 질문을 스스로에게 수천 번은 던졌지만 그럴듯한 답을 찾은 적은 없다. 그렇다고 죽을 수는 없으니까 이렇게까지 하면서 살 뿐이다. 어차피 사는 거 좀 더 편하게 사는 게 좋으니까 관리하면서 살 수밖에. 그리고 이런 생활이 귀찮긴 하지만 불행하지는 않다.

Tip 10

우울증은 완치될 수 있는가?

"완치가 뭘 의미하는 거죠?"

김선희 전문의가 되물었다.

"100퍼센트 재발하지 않는다는 걸 완치라고 본다면 우울증은 완치되지 않아요. 하지만 우울증 때문에 일상을 방해받지 않고 의욕적으로 내 생활을 꾸려갈 수 있다는 것을 완치라고 본다면 완치는 가능합니다."

'우울증에 완치는 있는가?'라는 질문에 당사자와 전문가는 '없다'고 입을 모은다. 완치가 없다니, 절망스러울 수 있다. 하지만 따지고 보면 이는 우울증에 국한된 개념이 아니다. 심장병이나 고혈압, 당뇨 등은 모두 완치(cure)가 아니라 관리(care)해야 하는 질병이다. 정신 질환도 마찬가지다.

정신 질환을 가진 사람만 정신 건강을 관리하는 것도 아니다. 정신 질환은 유전적, 생물학적, 환경적인 요인 등이 복합적으로 작용해 나타나는데 이를 모두 고려했을 때 정신이 100퍼센트 건강한 사람은 없다. 우리 모두는 어느 정도 스트레스를 관리하면서 산다.

김선희 전문의는 "대단한 걸 하라는 게 아니다. 좋아하는 사람들 많이 만나고 맛있는 거 먹고 간단한 운동을 하라고 환자들에게 말한다"라며 "특히 우울증을 가진 사람은 본인이 충분하지 못하다고 생각하는 경우가 많기 때문에 본인이 하는 일에 의미를 붙여주라고 조언한다"고 말했다.

장창현 전문의도 "심호흡하기, 굳어서 뻣뻣해진 근육 풀어주기, 샤워하면서 노래 부르기, 적당한 움직임 등 어떻게 보면 되게 뻔한 내용인데 스스로 조금만 노력하면 챙길 수 있는 것들을 권한다"고 말했다.

우울증 환자에게 관리는 매우 중요하다. 우울증은 재발률이 높고 반복해서 재발할 가능성이 높다. 실제 우울증을 겪은 사람의

50퍼센트 가량이 다시 우울증을 겪는다고 한다. 두 번째 우울증까지 겪은 사람의 70퍼센트가 세 번째 우울증을 겪고, 이 중 90퍼센트가 네 번째 우울증을 겪는다고 알려져 있다.

따라서 첫 우울증에 어떻게 대처하느냐가 중요하다. 다양한 시도를 해본 다음, 자신의 취약한 부분을 알고 자기만의 관리법을 찾아야 한다. 그래야 우울증이 재발해도 좀 더 쉽고 빠르게 벗어날 수 있다.

혼자 관리하기 힘들거나 내가 지금 관리를 잘하고 있는지 걱정된다면 전문가의 도움을 받는 것이 좋다. 약을 처방받을 것도 아닌데 병원에 가도 될지 걱정할 필요는 없다. 장창현 전문의는 "약물 치료를 끝낸 이후에도 중간 중간 정신과를 방문해 상태를 체크하는 걸 추천한다"고 말했다. 꾸준히 심리 상담을 받는 것도 방법이다.

일각에서는 약물 치료 중단을 완치로 표현하기도 하는데 적확한 표현은 아니다. 약물 치료 유무보다는 약물 없이도 우울의 늪에 빠지지 않을 준비가 되어있는지가 핵심이다. 스트레스에 대처하는 방법이나 불안을 잠재우는 방법 등이다. 이런 준비 없이 약물 치료만 중단한다면 늘 하던 방식으로 상황에 대처하게 된다.

문제는 '늘 하던 방식'이 우울증과 무관하지 않다는 점이다. 예를 들어 나의 '늘 하던 방식'은 문제를 회피하기 위해 하루 종일 자거나 미드를 보는 것이다. 이런 날이 반복되면 심하게 무기력해진다. 따라서 약물을 끊기 전에 새로운 방법들을 찾아놔야 한다.

우울증에서 벗어날 수 있을까? 여전히 나는 이 질문에 대답할 수 없다. 하지만 이전보다 나아졌다는 것은 명확하다. 먹고 싶은 것이 있고, 하고 싶은 일이 있다. 그리고 이렇게 지내다보면 곧 '완치, 즉 일상을 방해받지 않고 의욕적으로 내 생활을 꾸려갈 수 있는 상태'에 이를 수 있음을 안다.

루틴이 가져다준 안정감

나의 우울증 관리법 ②

☂⛄☀☁

밤 10시가 되면 잘 준비를 시작한다. 물티슈로 방을 한번 훔친 다음 샤워를 한다. 샤워가 끝나면 피부에 좋다는 7스킨을 시작한다. 7스킨은 스킨을 일곱 번 덧바르는 거다. 나는 아주 유난을 떨면서 스킨을 바르는지라 손바닥으로 얼굴을 찰싹찰싹 두드리는 소리가 방을 가득 채운다. 저녁 약을 먹고 형광등 대신 노란빛이 도는 램프를 켠다. 너무 어둡거나 너무 밝으면 잠을 잘 수 없다.

밤 10시에 잘 준비를 시작하려면 9시에는 집에 도착해야 한다. 사무실 혹은 약속 장소에서 집까지 가는 시간이 1시간 정도인 것을 생각하면 8시에는 자리에서 일어나야 한다는 계산이 나온다. 그래서 둘만 만나는 저녁 약속은 거의 잡지 않는다. 자리에서 빨리 일어날 수 없어서다. 강박처럼 느껴지기도 하지만 내 하루가 이렇게 마무리되는 게 좋다.

걱정과 불안, 무기력은 우울증의 대표적인 증상이다. 우울증에 걸리면 작은 것에도 걱정하고 불안해하고 쉽게 무기력해진다. 자주 불안함을 느꼈던 시기, 상담 선생님은 내게 아침에 눈을 떴을 때부터 잠들 때까지 하루를 어떻게 구성하고 싶은지 생각해보고 실행할 것을 권했다. 루틴은 상황을 예측 가능하게 만들어 불안감을 낮춘다.

나는 되는대로 시간을 보내는 사람이었다. 자취를 시작한 이후 규칙적으로 살아본 적이 없다. 대학 때는 시간표가 있었지만 늘 집회에 따라 다니느라 수업을 제대로 가지 않았다. 집회는 제 시간에 시작하는 법이 없었고 끝나는 시간도 제멋대로였다. 거리에서 밤을 새운 적도 많다. 안 그래도 불규칙해지기 쉬운 대학 생활, 나는 불규칙의 끝판을 달렸다.

방학 때는 몇 주 동안 집에 처박혀 드라마를 정주행했다. 〈24〉라는 미국 드라마가 있다. 하루, 즉 24시간 동안 일어난 사건을 한 시간 단위로 나눠어 24개 에피소드로 담아낸 드라마다. 동생과 나는 이런 건 몰아봐야 제맛이라며 쉬지 않고 봤다. 한 시즌을 '클리어' 하고 나면 사나흘 내내 먹고 자기만 했다. 그리고 다음 시즌으로 넘어갔다. 허리가 무척 아팠던 시절이었다.

기자 초년생 때는 불확실성이 더 심했다. 매일 새로운 사건이 벌어졌다. 그 사건이 언제 어떤 방향으로 흘러갈지 아무도 모른다. 부서에 따라 다르지만 오전 7시 즈음이면 '아침 보고'라는 것을 작성해야 하는데 밤 사이에 사건이 벌어져 전날 밤에 작성해둔 것은 쓸모없어지기 일쑤였다. 큰 사건이 벌어지면 현장으로 가서 몇 날 며칠을 지냈다. 집으로 돌아갈 수 있을지 여부는 빠르면 전날 결정됐다.

그 시절에는 늘 심장이 두근거렸다. 취재하고 기사 쓰는 게 즐거워서라고 단순하게 생각했는데 좋아하는 마음과 더불어 예측되지 않은 상황에 불안해하는 마음이 컸던 것 같다. 두근거림이라는 신체 증상은 같은데 그게 어떤 감정에서 비롯되는지 정확히 몰라 편할 대로 생각했던 것이다. 우울증에 걸리고 심리치료를 받으면서야 이를 알게 됐고 또 구분할 수 있게 됐다.

루틴을 만드는 일은 시간에만 한정하지 않는다. 공간과 취미, 관계 등에도 적용된다. 루틴의 사전적 의미는 ① 규칙적으로 하는 일의 통상적인 순서와 방법, ② (지루한 일상의) 틀, (판에 박힌) 일상, ③ 정례적인이다.

하루를 구성하는 데 있어서 시간만큼 중요한 것이 공간이다. 사무실을 좋아하는 사람이 몇이나 되겠나 싶지만 나는 사무실을 생각하면 배부터 아팠다. 출근하자마자 화장실로 가는 날이 많았다.

내가 어려워하고 좋아하지 않는 공간에 가는 일은 최소한으로 만들기로 했다. 사무실에 가는 횟수를 주2회로 정했다. 현장 취재 일정을 최대한으로 잡고 현장 취재가 없을 때는 기자실이나 사무실 인근 카페에서 일을 한다. 현장 취재는 몸이 힘들지만 적어도 배는 안 아프다. 기자라는 직업이 가진 특수성 때문에 가능한 일이다.

좋아하는 공간은 더 편안하고 안전함을 느끼도록 만들었

다. 마음에 드는 이불과 베개를 마련했다. 잠을 잘 자기 위해서다. 이전에는 직접 이불을 산 적이 없다. 엄마가 사주는 이불을 찢어질 때까지 덮었다. 처음에는 작은 구멍이었는데 찢어진 부분에 계속 발이 걸려서 이불이 누더기가 됐다. 오랜만에 자취방에 온 엄마는 어떻게 이 지경이 되도록 말을 안 했냐며 혀를 찼다. 그때는 누더기를 덮고도 잘 잤다.

책을 읽고 글을 쓰는 공간도 주로 방이기 때문에 원목으로 된 작은 좌탁도 샀다. 탁자 위에는 지금 읽는 책과 일기장, 연필꽂이 등을 둔다. 연필꽂이에는 내가 좋아하는 펜만 꽂아 둔다. 힘든 하루를 보낸 날도 아침에 정리한 모습 그대로 있는 방에 들어가면 기분이 나아진다. 아침에 정리한 모습 그대로, 이게 루틴이다. 함께 사용하는 공간은 예측이 불가능하지만 내 방은 예측이 가능하다.

우울증을 앓다 보면 예측하지 못한 몸의 증상을 느낄 때가 있다. 심지어 아무 일도 일어나지 않았는데 증상이 나타나기도 한다. 나는 종종 이유 없이 눈물이 나오거나 구토감이나 어지러움을 느낀다. 혼자 있을 때면 그나마 괜찮은데 업무 시간이나 누군가를 만나고 있을 때 이런 증상이 찾아오면 난감하다. '아, 왜 이러지? 이러면 안 되는데'라는 생각 때문에 증상이 더 심해지기도 한다.

그렇다고 그때마다 내 방으로 달려갈 수는 없다. 주치의에게 이런 어려움을 말했더니 증상을 완화할 수 있는 '특정 행동'을 만드는 게 좋다고 했다. 담배를 태우는 것일 수도 있고 잠시 눈을 감고 심호흡을 하는 것일 수도 있다. 나의 특정 행동은 일기 어플에 증상을 기록하는 것이다. 언어가 가지는 한계 때문에 실제 내가 느끼는 바를 완벽하게 표현할 수는 없지만 여러 측면에서 도움이 됐다.

무언가에 집중하는 행위는 요동치는 감정을 보통 수준으로 회복시키는 데 도움을 준다. 또 막상 쓰다 보면 내 걱정보다 별것 아닌 증상일 때가 많다. 일기 어플에는 증상을 써놓은 기록이 가득한데 이를 보다보면 지금 느끼는 증상도 반드시 가라앉는다는 것을 눈으로 확인할 수 있다. 이제는 예기치 못한 증상이 나타날 때면 바로 어플을 켜고 쓰기 시작한다. 그리고 그 증상에 대해 더 이상 생각하지 않으려 한다.

누구에게나 삶은 불확실성의 연속이다. 그걸 어떻게 받아들이느냐의 차이가 있을 뿐이다. 나는 다른 사람보다 불확실한 것을 조금 더 힘들어하는 사람이다. 때문에 이런 루틴이 필요하다. 예상하지 못한 일이 일어나도 내가 만들어놓은 '지루한 일상의 틀', '판에 박힌 듯한 반복'으로 돌아갈 수 있다는 사실은 안정감을 준다. 내가 이런 생활을 할 거라곤 생각하지 못했다. 대학 시절의 내가 지금의 나를 본다면 기절초풍하겠지. 역시 사람 일은 모를 일이다.

Tip 11

나아지고 있음을 자각하는 법

우울증이 나아졌다는 사람을 보면 늘 신기했다. 나도 저렇게 될 수 있을까? 저 사람은 별로 안 심했던 거 아닐까? 잘 지내냐는 사람들의 안부에 나는 늘 그냥 그렇다고 답했다. 그런데 언젠가부터 "많이 나은 것 같다"고 답하는 순간들이 생겼다. 내가 말하고 내가 놀랐다. 시간이 걸리긴 하지만 우울증은 나아지는 병이다!

1. 약 먹기를 잊는다

많은 사람이 우울증이 나아지고 있을 때 나타나는 현상으로 '약을 까먹는다'고 말한다. 나도 비슷하다. 나는 아침에 항우울제, 밤에 항불안제를 먹는다. 항불안제는 꼬박꼬박 먹고 있지만 항우울제를 매번 까먹어서 주치의에게 "잘 챙겨먹으라"는 말을 자주 듣는다.

약 효과를 생각하면 이는 바람직하지 않다. 약을 복용하는 기간에는 꾸준히 잘 복용하는 것이 중요하다. 그래야 약도 빨리 끊을 수 있다. 하지만 내 입장에서는 우울증이 나아지고 있는 신호 같아서 반가웠다. 우울이 심했을 때는 '약 먹기'가 하루 일과 중에 가장 중요한 일이었기 때문이다.

장창현 전문의는 "초기에는 약물 '허니문' 기간이 있다. 효과가 좋으니 약을 찾고 약이 없으면 불안해한다. 그랬던 사람도 마음이 편해지면 약 먹는 걸 잊을 때가 있다. 그런 이야기를 들으면 약을 줄여나가도 괜찮겠다는 생각을 한다"고 말했다.

2. 과거의 나와 비교하자

우울증과 함께 살면서 잘한 일을 꼽으라면 일기 쓰기다. 일기는 여러모로 유용했다. 때로는 감정을 토해내려고 썼고 심리치료나 정신과 상담 내용을 잊지 않으려고 썼다. 손으로 쓰는 행위가 불안을 줄여준다는 것도 경험했다. 1년, 2년, 3년, 4년. 차곡차곡 일기가 쌓였다.

예전 일기를 보니 나아지고 있는 게 눈에 보였다. 일주일 전의 나와 오늘의 나는 별 차이가 없지만, 일기에 쓰인 4년 전의 나와 1년 전의 나, 그리고 지금의 나는 달랐다. 예전 일기에는 불안하다, 무섭다, 사라지고 싶다는 내용이 많다. 요즘 일기에 그런 내용은 거의 없다.

나는 "나아진 것 같다", "얼굴이 좋아졌다"는 사람들의 말을 믿지 않는다. '당신이 뭘 알아?'라는 생각부터 든다. 믿지 않기에 그 말은 내가 나아졌다는 증거로 작용하지 않는다. 하지만 내가 직접 쓴 일기를 보니 내가 나아지고 있다는 확신이 들었다. 예상하지 못했던 효과다.

이런 자기 확신은 우울증 회복에 도움이 된다. 이전보다 나아졌으니 앞으로도 나아질 수 있다는 믿음 같은 것. 꼭 일기가 아니어도 된다. 인스타그램이나 페이스북, 트위터의 예전 기록을 한 번 뒤져보길. 아마 그때 나를 괴롭혔던 문제는 지금 다 해결됐거나 잊혀졌을 가능성이 크다.

3. 다른 것들이 눈에 들어온다

우울증에 걸리면서 힘들었던 부분 중 하나가 시야가 좁아진 것이다. 기자에게 세상에 대한 관심은 필수다. 하지만 몸과 마음에 에너지가 없으니 세상 돌아가는 것은 물론이고 취미, 친구, 가족 등 모든 것에 관심이 사라졌다. 그냥 모든 것과 단절되고 싶었다.

어느 날, 침대에 누워 심심한 마음에 친구들의 카카오톡 프로필을 눌러보았다. 여행을 다녀온 것 같은 친구에게 안부를 묻는 카톡을 보냈다. 얼떨결에 약속이 잡혔다. 맛있는 디저트 카페, 조용한 디저트 카페 등을 검색했다. 참 오랜만이다 싶었다. 그리고 깨달았다. 우울증이 나아지고 있구나.

다른 사람도 비슷하게 말한다. 영화를 좋아해 일주일에 한두 편씩 보던 친구는 우울증이 심했던 1년 동안 어떤 영화도 보지 않았(못했)다. 그는 영화를 보고 싶다는 생각이 들었을 때 자신의 우울증이 나아지고 있다는 걸 실감했다고 한다. 또 다른 친구는 연애를 하고 싶다는 마음이 '신호'였다.

장창현 전문의는 우울증이 나아지고 있음을 어떻게 알 수 있냐는 질문에 "우울증이 내 삶의 중심이 아니라 주변이 될 때"라며 "스트레스를 받기는 하지만 우울증과 별개로 내 삶은 삶대로 꾸려갈 수 있을 때 나아지고 있다고 볼 수 있다"고 말했다.

우울증이 인간관계에 미치는 영향

나는 주변에 사람이 많은 편이었다. 그룹을 이끌어가는 타입은 아니지만 사람 모으는 건 잘했다. 무언가 하고 싶을 때면 다양한 사람을 끌어모아 이런저런 모임을 만들었고 집들이를 하거나 홈파티를 열었다. 친구들은 서울 끝자락에 있는 우리 집에 기꺼이 와주었다. 주변 사람들이 나를 통해 서로 알게 되고 가까워지는 모습이 보기 좋았다.

새로운 사람을 만나는 것에도 거부감이 없었다. 각계각층의 사람을 만날 수 있다는 건 기자직이 가진 최고의 장점이라 생각했다. 취재를 목적으로 만난 이들 중 많은 이와 성별과 나

이를 불문하고 친구 같은 사이가 됐다. 온라인에서 만난 이도 많았다. 트위터 팔로워는 팔로잉의 100배에 가까웠고 별것 아닌 글을 페이스북에 올려도 사람들은 '좋아요'를 눌러줬다.

우울증에 걸린 직후, 이런 일들을 아예 안 했다. 하고 싶은 마음이 들지 않았다. 내가 주도해서 만든 모임들에서 빠졌고 단체 카톡방에서 나왔다. 놀이터였던 SNS는 보기조차 힘들었다. SNS의 게시물은 무언가 지나치게 느껴졌다. 지나치게 즐겁거나 화나 있거나 우울하거나 슬프거나. 트위터 계정은 폭파했고 페이스북은 친구를 확 줄였다. 며칠 뒤 누군가에게 "카톡은 씹더니 페북은 하네"라는 메시지를 받았다.

마치 손에 쥔 모래처럼 사람들이 내 곁을 떠났다. 연인은 내 우울증이 힘들다며 그걸 핑계로 헤어지자고 통보했다. 친구는 너는 왜 맨날 바쁜 척하냐며 앞으로는 먼저 연락하지 않겠다고 선언했다. 그래도 가까운 사이여서 이런 말도 오갔다. 수많은 관계가 아무 말 없이 서서히 느슨해졌다. 우울증에 걸린 것도 별로인데 사람들마저 잃다니 씁쓸했다. 슬프기도 했다.

하지만 나는 슬픔을 느끼면서도 그들을 잡으려는 노력은

할 수 없었다. 다시는 먼저 연락하지 않겠다는 친구의 메시지에 나는 답하지 못했다. 할 말이 없어서가 아니라 할 말이 너무 많아서였다. 어디서부터 어떻게 말해야 할지 몰라 나는 입을 다물었다. 그를 이해시킬 자신도, 거기 쓸 에너지도 없었다. 이렇게 살다가는 주변에 아무도 안 남겠다 싶었지만 그럼에도 관계와 관련된 모든 노력이 너무 버거웠다.

우울증은 사람들을 떠나게 하는 병이라고들 한다. 극심한 우울을 겪었던 시기를 지나 주변을 보니 정말로 사람이 몇 없었다. 처음에는 사람들이 원망스러웠다. 우울증도 병인데 왜 몰라주는 걸까? 다리가 부러져 병원에 입원했더라도 상황이 이랬을까? 다른 병이었다면 분명 달랐겠지. 사람들은 나를 위로해주고 이해해줬겠지. 아니, 눈에 보이는 병이었다면 하다못해 병원 가는 거라도 편했겠지.

관계는 주고받음을 전제로 한다. 그래서 나는 상대의 이해를 바랄 수 없었다. 먼저 연락하지 않는 애인, 자주 연락을 씹는 친구, 급하게 약속을 취소하는 사람을 누가 좋아할까. 나 같아도 우울증 환자를 떠났을 것 같은 마음과 동시에 '아무리 그래도 어떻게 니가……' 하는 원망이 뒤섞였다.

동시에 내가(내 우울증이) 원인 제공자라는 사실 때문에 힘들었다. 내가 연락만 했어도, 약속만 취소하지 않았어도 이렇지는 않았을 것 같았다. 사실 그 정도 노력은 할 수 있었는데 우울증을 핑계로 삼은 건 아닐까? 내 무책임과 게으름까지 이건 병 때문이라고 합리화한 건 아닐까? 우울증 진단을 받은 지 햇수로 4년이 넘었다. 이제는 울리지 않는 휴대전화가 익숙하다. 페이스북 친구는 180명, 트위터 팔로워는 3명이다. 사람들을 원망하는 마음과 나를 자책하는 마음 모두 옅어졌다.

내 곁에 남은 사람이 더 좋은 사람이라거나 나와 더 친한 사람이라고 생각하지 않는다. 누군가는 그만큼 서운함이 컸기에 나를 떠났을지 모른다. 누군가는 오히려 나를 잘 모르기 때문에 친절할 수 있다. 어떤 친구는 내가 힘들 때 놀랄 정도로 나를 잘 돌봐줬지만 내가 회복하는 모습을 보이자 좋아하지 않았다. 관계는 다양한 이유로 좋아지고 나빠진다. 그리고 대체로 이는 내 의지대로 되지 않는다.

석가모니는 열반에 들기 전 울고 있던 제자 아난다에게

이렇게 말했다고 한다.

"울지 마라. 내가 이르지 않았더냐. 누구든 언젠가는 헤어지기 마련이라고. 그것을 절대로 피할 수 없다고. 나의 죽음을 한탄하거나 슬퍼하지 마라. 내가 항상 말하지 않았느냐. 아무리 사랑하고 마음에 맞는 사람일지라도 마침내는 완전한 이별이 찾아오는 것이라고. 만난 자는 반드시 헤어지지 않으면 안 된다. 너는 지금 무엇을 슬퍼하고 있느냐. 그럴 수밖에 없는 것을 그러지 말라고 하는 것은 있을 수 없는 일이다."

내 곁에 남은 이들이 내 우울증을 어떻게 받아들이고 있는지는 모른다. 비슷한 병을 앓고 있어 '동병상련'의 마음일 수도 있고 정반대로 우울증 같은 건 별로 신경 쓰지 않는 사람일 수도 있다. 한때는 사람들이 왜 아직 내 옆에 있는지 궁금했다. 이제 이유 따위는 궁금하지 않다. 그냥 손닿을 거리에 누군가 있는 게 고맙고 그래서 내 몫을 다하고 싶다.

우울증이거나 아니거나 관계는 다 힘들다. 다만 우울증을 앓는 사람은 우울증이라는 변수 하나가 더해진다. 그래서 나 때문이라고, 내 우울증 때문이라고 자책하기 쉽다. 어떤 측면에서는 분명 우울증 때문일 것이다. 이걸 부정할 수는 없다. 하지만 그 관계는 그냥 거기까지였을 뿐이고 새로운 관계는 타이밍이 맞았던 것이라고 생각하려고 한다. 석가모니의 말처럼 만난 사람은 헤어지지 않을 수 없으니.

우울증 3년 반, 그리고 조울증

사람마다 익숙한 감정이 있고 낯선 감정이 있다. 나는 '화'라는 감정이 낯설다. 10년 이상 함께 살고 있는 동생들은 나를 두고 '화를 안 내는 사람'이라고 말한다. 상담 선생님은 내게 마지막으로 화를 낸 적이 언제냐고 물었다. 기억나지 않았다. 선생님은 모든 감정은 기능이 있기 때문에 화를 내야 할 상황에서는 화를 내야 한다고 말했다. 나는 알겠다고 답했지만 실은 화내는 방법조차 잘 몰랐다.

그랬던 내가 지난해 여름에는 낮과 밤을 가리지 않고 화를 냈다. 문제는 담배 냄새였다. 아랫집 사람이 집 안에서 담배를 피운 건 하루 이틀이 아니었다. 2년 내내 화장실 환풍기와 베란다를 통해 담배 냄새를 맡아야 했다. 성가시긴 했지만 화는 안 났다. 그런데 어느 아침, 담배 냄새에 주체할 수 없이 화가 났다. 나는 침대에서 벌떡 일어나 베란다로 갔다. 그리고 건물 안에서 담배 피지 말라고 고래고래 소리를 질렀다. 욕도 섞어서.

놀란 동생들이 베란다로 뛰어왔다. 나는 그때까지 소리를 지르고 있었다. 동생들은 동네 부끄럽다며 나를 말렸다. 그렇게 크게 소리를 질러본 건 내가 기억하는 한 처음이었다. 소리를 지르고 나니 뭔가 시원한 기분이 들면서 웃음이 나왔다. 나는 소리내서 크게 웃었고 동생들은 어이없다는 듯 나를 쳐다봤다.

담배 전쟁은 한 달 가까이 이어졌다. 그는 아랑곳하지 않고 계속 담배를 피웠다. 질 수 없지. 나도 계속 소리를 질렀다. 동생들은 이웃들이 우리를 이상하게 본다며 이제 그만하라고 했다.

새롭게 나타난 변화는 화뿐만이 아니었다. 나는 우울증

진단 이후 가능한 사람을 적게 만났다. 누군가를 만나는 데 쓸 에너지가 없었다. 하지만 갑자기 '이제는' 사람들을 만날 에너지가 생긴 것 같았다. 누군가를 만나 맛있는 걸 먹고 수다를 떨고 싶었다. 오랜만에 사람들과 약속을 잡았다. 점심과 저녁 모두 만남으로 꽉 찼다. 사람들을 만나 많이 떠들고 크게 웃었다. 언제 우울증을 앓았냐는 듯이. 그들은 내게 "표정이 좋아 보인다"고 덕담을 건넸다.

우울증 진단을 받은 이후 나는 '무조건' 오후 9시 전에는 집에 도착하는 일상을 유지했다. 이 시기에는 밤 10시, 11시를 훌쩍 넘겨 집에 도착하는 날이 잦았다. 지난 3년 3개월 동안 느끼지 못했던 에너지였다. 우울증이 나아지고 있다는 신호일지도 몰랐다. 우울증에 걸리기 전의 나는 누군가를 자주 만나고 잘 웃고 떠드는 사람이었으니까.

하지만 회복의 신호라고 하기에는 집에 돌아오는 길이 늘 찝찝했다. 쓸데없는 말을 많이 한 것 같았다. 아무도 웃지 않았는데 나만 크게 웃은 것 같았다. 늘어나는 약속만큼 일기장에 '말 적게 하기'라는 문장도 많아졌다. 내가 원해서 누군가를 만나고, 에너지가 있어서 아랫집 사람과 전쟁도 벌이는데 기분이 좋지 않았다. 불쾌에 가까웠다.

평소와 다른 내 모습이 거북했고 이질감이 느껴졌다. 내가 아닌 것 같았다. 그 말은 괜히 했다, 이상하게 보이지 않았을까, 오랜만에 만나서 이상한 소리나 했네, 그냥 만나지 말걸, 애초에 연락을 괜히 해선. 이런 생각이 연쇄적으로 들었다. 우울할 땐 만사가 귀찮아서 죽고 싶었는데 이 시기에는 부끄러워서 죽고 싶었다. 무언가 잘못 흘러가고 있었다.

증상을 한 달 가까이 지켜본 주치의는 경조증 상태인 것 같다고 했다. 주치의는 20~30대에서는 우울을 기반으로 약한 조증을 앓는 '혼재형'이 많다며 나를 안심시키려 했다. 항우울제는 당분간 중단하기로 했다. 항우울제가 '높은 텐션'을 지속시킬지도 몰라서다. 그제야 내가 왜 쓸데없는 말들을 했는지, 왜 그렇게 불쾌한 기분이 들었는지 '머리로는' 이해가 됐다.

하지만 받아들이기 어려웠다. 우울증과 불안장애 진단을 받아 치료해왔는데 이제는 조울증이라고? 현실감이 들지 않았다. 3년 넘게 우울하기만 했는데 말도 안 돼. 어이가 없어

헛웃음이 나왔다. 진료 내내 나는 헛웃음을 짓다가 찡그리기를 반복했다. 주치의는 웃으며 혹시 돈도 많이 쓰냐고 물었는데 아니라는 대답이 반사적으로 튀어나왔다. 조울과 조현의 보편적인 증상 중 하나가 감당할 수 없을 정도의 소비라는 것을 여러 자료에서 봤기 때문이다.

나는 주치의에게 '조울증'으로 보이고 싶지 않아 최대한 차분한 척을 했다. 의식적으로 말을 천천히 했고 손도 최소한으로 움직였다. 그동안 내가 본 자료에 따르면 조울증은 단순히 기분이 좋아졌다가 가라앉는 병이 아니다. 산만하고 병적으로 말을 많이 하는 걸 기본으로 하며 과도한 자신감 때문에 무모한 행동을 하는 경우도 있다. 갑자기 회사를 그만두고 사업을 벌이거나 하는 식이다. 그렇게 될까 봐 무서웠다.

진료실 문을 닫고 나오는데 허공에 떠 있는 느낌이 들었다. 조울증이라니……. 힘이 잔뜩 들어간 손이 축축했다. 정신차리자. 제대로 걷자. 스스로에게 말했다.

우울증에 대한 편견은 이전보다 덜해졌지만 조울증은 그렇지 않다. 소위 '미쳤다'고 말하는 이미지가 조증 시기에 나타나는 증상과 비슷하다. 심한 조증일 때 나타나는 증상이 조현에서 나타나는 증상과 비슷하다는 것 역시 내게 거부감을 일으켰다. 망상이나 환청이 대표적이다. 과도한 자신감으로 인한 '저 사람이 나를 좋아해' 혹은 '나는 천재인 것 같다'는 생각도 망상의 일종이다.

조울증에는 제1형과 제2형이 있다. 조증 삽화와 심한 우울 삽화가 나타나는 유형이 제1형 양극성 장애다. 경미한 조증 증상과 심한 우울 증상이 나타나는 유형이 제2형 양극성 장애다. 전문가들은 조증과 경조증을 사회생활이나 일상생활에 지장을 주는 정도로 구분한다. 나는 일상생활에 큰 지장은 없었으니 제2형에 해당된다.

항우울제를 끊은 지 두 달쯤 됐을 때, 조증 시기에 나타날 법한 증상들이 사라졌다는 느낌이 들었다. 식욕이 떨어졌고 몸이 무거워 침대에서 일어나기 힘들었다. 아랫집 남자는 여전히 담배를 피웠지만 나는 대꾸할 에너지가 없었다. 베란다 창문과 화장실 문을 닫았다. 그때는 어떻게 소리 지를 생각을 한 걸까. 조증 시기가 오래갈까 봐 너무 걱정을 한 탓인지 우울이 반가웠다. 여행을 끝내고 집에 온 것 같은 편안함까지 들었다.

무거운 몸을 이끌고 병원으로 갔다. 식욕이 없고 무엇도 즐겁지 않다고 울면서 주치의에게 말했다. 주치의는 조증 상태가 지나간 뒤 찾아오는 우울은 평소보다 더 힘들게 느껴지는 경우가 많다며, 다시 항우울제를 복용하자고 했다. 같은 우울의 깊이라고 해도 낙차가 크기 때문이라고 했다. 100만 원을 가지고 있다가 1만 원이 남는 것과 10만 원을 가지고 있다가 1만 원이 남는 것의 차이를 생각하면 쉽다. 나는 우울에서 벗어나고 싶은 마음은 있는데 조증 시기로 돌아가고 싶지 않은 마음이 더 컸다. 이상하게 들릴 걸 알면서도 입을 뗐다.

"선생님, 그런데 저는 우울한 상태가 좋은 것 같아요. 약(항우울제) 안 먹으면 안 될까요?"

그는 내 질문에 놀라지 않았다. 주치의에 따르면 많은 우울증 환자가 약간 우울한 상태를 편안하게 느낀다고 한다. 우울증이 없는 사람들이 느끼는 우울감을 0으로 볼 때, 나는 1이나 2정도를 편안하게 느낀다는 뜻이다. 지금 상태에서는 항우울제를 먹어도 조증으로 가지 않는다는 주치의의 판단을 믿고 오랜만에 항우울제를 받아왔다.

나는 그날 "저는 선생님을 믿으니까요"라고 말했다. 주치의에게 하는 말이었지만 사실은 내게 하는 말이었다. 주치의를 믿지 않으면 어쩔 것인가. 주치의에게 그런 말을 꺼낸 건 처음이었다. 그리고는 처방받은 항우울제를 복용하지 않았다. 조증에 대한 두려움이 정말 컸다.

항우울제를 먹기 시작한 건 그로부터 2주가 지나서였다. 이미 우울한 기분을 느끼는 건 '사실'인데 조증 증상이 나타날지 모른다는 '걱정' 때문에 약을 안 먹는 건 어리석은 짓이었다. 주치의 말대로 그런 증상은 나타나지 않았다. 역시 내가 걱정했던 만큼의 일은 일어나지 않는구나. 지금은 조도 깊은 우울도 아닌 1에서 2정도의 우울감을 느끼며 지내고 있다.

다만 조울증이라는 사실을 주변 사람에게 아직 알리지 않(못)했다. '나를 정신병자라고 생각하면 어쩌지?' (정신병 맞다), '미친 사람이라 생각하면 어쩌지?' 하는 두려움 때문이다. 다른 사람이 아니라 내가 가진 편견이 내 입을 다물게 했다. 내가 감당할 수 있을까. 가족은 괜찮을까. 내가 쓴 기사까지 이상하게 보이면 어쩌지. 하지만 첫발을 떼지 않으면 앞으로도 뒤로도 갈 수 없다. 우울증이라고 말하는 것도 처음이 어려웠지 지금은 괜찮다는 사실을 기억하려 한다. 우울증인 내가 그럭저럭 잘 버텨왔듯 조울증인 나도 그럭저럭 나아갈 것이다. 이 글이 그 첫발이다.

참고문헌

나쓰메 소세키, 송태욱 역,《풀베개》, 현암사, 2013년

수전 웬델, 김은정 · 강진영 · 황지성 역,《거부당한 몸》, 그린비, 2013년

윤홍균,《자존감 수업》, 심플라이프, 2016년

은유,《싸울 때마다 투명해진다》, 서해문집, 2016년

이성복,《뒹구는 돌은 언제 잠 깨는가》, 문학과지성사, 1992년

이승욱,《포기하는 용기》, 북스톤, 2018년

이제니,《왜냐하면 우리는 우리를 모르고》, 문학과지성사, 2014년

조한진희,《아파도 미안하지 않습니다》, 동녘, 2019년

홍승은,《당신이 계속 불편하면 좋겠습니다》, 동녘, 2017년